Mji wa uhai

돌아보니
그곳이
천국이었네

Mji wa uhai

나태주 시·그림

사람이기를 잘했다

내가 여기 오기를 잘했다

너를 만나기를 참 잘했다

다 잘했다

시인의 말 :

더 일찍 갔었어야 했다

나는 우리네 인생을 바꾸는 길, 터닝 포인트를 질병, 실패, 독서, 여행 등 네 가지로 본다. 그러나 앞의 두 가지는 위험한 일이라서 권할 만한 것이 못 되고 독서와 여행을 좋은 방법이라고 말하는데 이번에 다녀온 탄자니아 여행이 그랬다. 좀 더 일찍 갔었더라면 좋았을 것이라는 생각과 느낌이 강했다.

더 일찍 이 나라를 보았더라면 나의 시와 인생이 더욱 달라졌을 것이라는 생각이 그것이다. 이제라도 가보았으니 다행이 아니냐 그러겠지만 나에게 남은 날이 길지 않고 내가 변한다 해도 써먹을 방법이 그다지 많지 않을 거라는 생각에서 아주 많이 아쉬움이 남는 여행이었다.

그래도 이만큼이라도 느낌의 결과를 시로 남기고 의미 있는 연필그림 몇 장을 새롭게 얻어서 다행이다. 일생 여러 차례 여행을 충분히 다니지는 못했으나 이번 여행이 나에게는 생애 최상의 여행이었음을 의심할 여지가 없다. 여행길을 놓아

준 한국 월드비전에 감사의 인사를 전하며 부족한 글을 아름다운 책으로 바꾸어주신 달 출판사에게도 고마운 말씀을 남긴다. 이번 책에서 또 예쁜 그림을 그려주신 윤문영 화백님에게도 감사의 마음을 전한다.

2025년 겨울
나태주 씁니다.

시인의 말 : 더 일찍 갔었어야 했다

1부 탄자니아의 시

2부 생명의 선물

다시는 그날로 돌아가지 못하리

나를 잠시 내려놓고
너를 찾아서

한국의 덥고 습기 찬 날씨를 벗어나
비가 오지 않는 나라를 찾아서

인생의 주인공에서
인생의 구경꾼 되어서

간다 못 간다 다시
간다 못 간다 그러다가

흰구름 되어서
바람이 되어서

우뚝우뚝 나무가 되어서
시든 풀숲이 되어서

오로지 넘치는 나를 좀 버리고

네가 되어서

그렇게 일곱 날
지구 반대편 탄자니아의 날들

그러나 우리 다시는
그날로 돌아가지 못하리

꿈같은 인생길에서 다시
꿈을 꾼 것 같은 날들이 며칠.

2025

일곱 날 동안

아프리카 땅

탄자니아는 검정

탄자니아는 하양

아무것도 아는 게 없어

검정이거나 하양

탄자니아가 검정이라면

흰색으로 그림을 그리고

탄자니아가 하양이라면

검정으로 글씨를 쓰기 위해

탄자니아로 간다

인천에서 밤 12시 비행기 타고

11시간 만에 에티오피아

아디스아바바공항 도착

8시간 기다리다가 다시

2시간 비행기 타고

킬리만자로국제공항

(오가다가 멈추는 시간 보태어 21시간)

기다려주는 사람 없어도

검은 땅 하얀 땅

내가 아무것도 모르는

탄자니아 일곱 날 동안 살러 간다.

버킷리스트 가운데 하나

진작에 갔어야 했다

2020년 1월 코로나 팬데믹에 막혀

가지 말라 하고

오지 말라 해서

가지 못했다

아동 후원으로 내가

한 달에 얼마씩

후원금 보내주는 여자 애기

네마 니코데무

열 살 초등학교 2학년 여자 애기

눈이 크고 깊고 얼굴이

둥그스름 동양적인 여자 애기

만나러 가고 싶었는데

끝내 가지 못했다

겨우 이제야 길이 열려

그 네마 니코데무

탄자니아의 어린 딸

어린 소녀 아이

만나러 간다

이것도 나에겐

버킷리스트 가운데

하나였을까?

황제의 시간

인천공항에서 자정 비행기 타고

11시간 만에 도착한 아디스아바바공항

얼굴 검은 사람들의 나라

얼굴 검은 사람들의 아침

그러나 이 나라 사람들은

여유만만 서두르지 않고

사람을 의심하지 않고

유순하고 부드러워

신사들이란 생각

우리만 지나치게 아웅다웅 다투고

서로 미워하고 서둘고

그래서 정말 무엇이 남았는가?

후회되고 반성되는 마음

우울과 불안과 상처만 남았지

종착지 탄자니아 킬리만자로공항 가는

비행기 갈아타는 시간

8시간 남짓

호텔로 데리고 가

한 사람에게 방 하나씩 주고 쉬라고 한다

이런 예의와 이런 여유

어디에 숨었다가 나오는 걸까

그렇지, 이 나라가 우리나라 6·25전쟁 때

젊은 병사들 보내줘 피 흘리며

싸우게 해 우리나라를 구해줬지

그렇게 한 사람이 바로

에티오피아 마지막 황제라지

그러면 그렇지, 뭐가 달라도 달랐던 거야.

호텔 방에서 잠시

에티오피아 아디스아바바공항 근처

호텔 방 5층에서 잠시 쉬며

식당 오가며 밥 먹으며

얼굴 검은 사람들 천천히 걷고 천천히

부드럽게 말하고 순하게 바라보는

맑고도 깊은 눈망울

비가 오는 거리 우산 받지 않고

성큼성큼 걷는 젊은이들

모습 내려다보며

속으로 후회해본다

나는 왜 평생 뭐가 그리 바쁘고

뭐가 그리 급하고

뭐가 그리 소중하기만 해서

너무 부지런히 살았나?

싸우는 사람처럼 너무 열심히 살았나?

남들에게 불편한 기억을 남겼나?

울타리 꽃

울타리에 심은 꽃
부겐빌레아
새빨간 빛으로 피는 꽃

미국 엘에이에서도 울타리에서
보았던 꽃
나 꽃 피웠어요
나 좀 보아주세요

울타리 너머로
얼굴을 내밀며
환하게 웃고 있는 꽃
부겐빌레아.

울타리 꽃

굿 탄자니아

인천국제공항에서 밤 비행기
꼬박 하루만큼, 21시간 만에 도착한
킬리만자로국제공항
비행기 창으로 보이는 킬리만자로
눈 덮인 봉우리
아, 탄자니아 킬리만자로!
가슴이 환해진다
킬리만자로공항은 또 옛날
시골 정거장같이
나지막하고 검고 정겨운 모습
마악 오후 6시, 날 저물고
불이 켜지는 시각
황열병 카드 보여주고
입국심사대 앞에 줄지어 섰을 때
젊은 심사원 싱긋이 웃으며
뒷줄에 선 나를 손으로 불러
앞에 세우고 별로 묻는 말도 없이
쉽게 통과시켜준다
통과시켜주며 노스 코리아? 묻길래

싸우스 코리아, 답했더니 굿 코리아!

엄지척을 해 보이며 씨 유 어게인

인사까지 한다

한국 사람이길 잘했구나

내가 늙은 사람이길 더 잘했구나

늙어서 이 나라 찾아오길 잘했구나

다시 한번 가슴에 조그만 꼬마전구 하나 켜진다.

먼지 속에서도 꽃은 핀다

탄자니아 월드비전 은다바시 사업장에서

칸사이^{Kansay}마을 찾아가는 길 다시 몇 시간

붉은 흙 자갈길 터덜터덜

나 어린 날 자동차 타고 다니던 기억

차창으로 앞이 보이지 않을 정도로

자욱한 흙먼지

붉은 땅에서 솟아오르는 붉은 흙먼지

도로변 나무나 풀에 쌓여

나무나 풀들 숨도 못 쉬고 시들어가는데

신기하기도 해라

새로 핀 꽃들은 어느 것이나 싱싱하고 깨끗하고

예쁘기만 하다

흙먼지 속에서도 새로 핀 꽃들은

예쁘고 싱싱하고 깨끗하기도 하다는 사실!

이것이 오늘의 희망 아니겠나

아닌 게 아니라

학교 다녀오는 아이들 삼삼오오

흙먼지 길 걸어가다가

흙먼지 날리며 달려가는 자동차 향해

손 흔드는 게 아닌가
나 어려서 어느 한 날의 모습
그 또한 이 땅과 지구의 앞날
희망 아니겠나.

탄자니아에 간다

이젠 멈추고 싶다

사람들 하기 좋은 말로

마음을 비우라 그러지만

사람이 살아 있는 동안

그럴 수는 없는 일이고

빠르게 가는 길이라면

천천히 가고 싶고

자라고 변하는 날들이라면

자람도 변화도 이제는 그만

멈추고 싶다

참으로 이것은 이전엔 없었던 마음

그래서 나는 아프리카에 간다

잃어버린 나를 찾으러

아프리카 탄자니아에 간다

아니다, 나를 버리는 것 배우러

한 번도 가본 일 없고

생각해보지도 못했던 나라

탄자니아를 찾아간다.

눈물이 글썽 1

칸사이마을 주민 공동체

소득증대 사업으로 물비누 만드는

현장 살펴보러 갔다가

현지식 박수와 환호로

환영받으며 눈물이 글썽

이어서 성대한 길고 긴 설명과

여러 사람 번갈아 환영의 말

그 가운데서 기도하는 순서

현지인 부족어는 못 알아듣지만

기도의 끝자락에 들리는

‘예수’와 ‘아멘’이란 말

누군가 한국 사람이 가르쳐주었을 텐데

고맙기도 하시지

또다시 눈물이 글썽.

정겨운 배려

4인 1조로 나를 태우고 다니는 지프차는 4호차. 우리 차 운전하는 현지인 월드비전 직원은 일등 드라이버. 앞서가는 다른 차 바퀴가 펑크 날 때는 선뜻 내려서 뚝딱 바퀴도 교체해주고, 말은 없으나 운전 솜씨가 좋고 길눈이 밝아 샛길로 빠지지 않고 태우고 다니는 낯선 나라 사람들 마음도 곧잘 들여다보는 신통력이 있어 우리가 바오밥나무, 생텍쥐페리의 바오밥나무 이야기 주고받자 마사이마을 지역 도로변 커다란 바오밥나무 근처에 차를 세워주고 바오밥나무 사진 찍으라 그런다. 말 없는 가운데 마음과 마음의 소통. 탄자니아 사람의 순하고 깊은 심사. 깨끗하고 정겨운 배려여.

*

자동차 달리던 아스팔트 도로변 바오밥나무 사진 찍으러 자동차가 섰을 때, 도로 건너편 마사이마을 남자아이 둘, 재빨리 도로를 건너와 우리를 반긴다. 주먹 악수도 나눠주고 사진도 같이 찍어주고 웃어주기도 하고 그러다가 헤어지는 순간 '머니'란 영어 단어가 애들 입에서 나온다. 1달러짜리 한 장이라도 하나씩 전해주고 싶었는데 월드비전 직원이 그러

면 안 되는 일이라 그래 섭섭하게 돌아서 차에 오르는데 아
이들 이번에는 저희들 입에 손을 가져다 대었다 뗐다 그런
다. 돈을 못 주면 먹을 거라도 좀 주고 가라는 신호 같은데 그
마저 들어줄 수 없어 어쩌나, 차창에 오래 남아 어른거린다.
마사이마을 소년 형제의 깊고도 깊은 눈, 실망으로 가득차
일렁이는 호수 같은 눈.

잠시 엉뚱한 생각

칸사이마을 공동체 방문
물비누 만들기 시연 보러 간 자리
주변의 아이들 몰려와 구경하더니
나중에는 초록색 교복 차림의 아이들
수십 명이 몰려와 기웃기웃
일행 중 중학교 영어 교사이기도 한
김예원 작가
슬그머니 빠져나가 아이들과 이야기하고 악수하고
장난을 청하고
말은 통하지 않지만 키득키득 웃기도 하고
눈빛을 나누기도 하다가
탄자니아 아이들
한국에서 온 얼굴 하얗고 몸매 가늘고
검은 머리칼이 긴 아가씨
마음에 들었는지 떼로 몰려 주변을 떠나지 않는다
이윽고 공식 일정 마치고 일행이
4인 1조 지프차를 타고 돌아오는 길
아이들이 길가에 몰려서서 김예원 작가
타고 가는 차를 막아서서

손을 흔들고 악수를 청하며 난리를 친다

이 아이들에겐 김예원 작가

그 어떤 연예인보다 마음에 들었던 모양

울기 잘하는 김예원 작가

아이들과 헤어지며 울지 않았나 몰라

차라리 김예원 작가 이 땅에

아이들과 함께 남겨두고 갈까보다

잠시 엉뚱한 생각

오늘 밤 이곳 아이들 김예원 작가

꿈에서 만나 웃고 좋아하고 장난치며

놀지도 모르겠다.

너무 쉬운 비밀

성경에 보면

기도하라
감사하라
기뻐하라

이것은 너무도
쉬운 비밀

그런데 왜 이 비밀이
탄자니아 땅에서 새삼
가슴에 새겨지는 걸까?

빈집

자동차 타고 다니며 여기저기
빈집이 자주 눈에 띄어 이상했다

어떤 집은 벽체까지 짓다가 말고
어떤 집은 벽체 모두 올리고 지붕이 없고
또 어떤 집은
지붕까지도 올렸는데 창문이 없고

참 이 나라 사람들
집 짓고 사는 것도 별나구나
어떻게 집을 저렇게 짓나?

그러나 내가 본 짓다 만 집들은
짓다 만 집이 아니라
지어가는 집이라고

돈이 생기는 대로 벽돌을 사고
벽돌을 쌓아 벽을 세우고
지붕을 사서 지붕을 얹고

끝내는 유리창까지 단다는 이야기

아, 그래서 내가 본 짓다 만 집
옆에 쌓아놓은 붉은 벽돌들이
앞으로 집을 지을 자재들이었구나!

역시 남의 나라 사람들
살아가는 방식을 제멋대로 보고
제멋대로 말할 일은 아니구나 싶었다.

건기라 그랬을까. 농토는 더러 보이는데 농작물이
별로 보이지 않았다. 다만 시들어 죽은 옥수수 커다
란 잎새들만 들판 가득 서걱대고 있을 뿐.

더러더러 눈에 들어오는 건 키가 크고 가늘은 가지,
바람에 낭창낭창 날리는 꽃나무들. 가지에 가득 샛
노란 꽃송이 매달고 작은 바람에도 춤을 추듯 몸을
흔드는 나무들.

그것은 콩나무. 메마른 땅에서도 잘 자라는 다년생
콩나무. 이곳 사람들 말로는 피전 피$^{pigeon\ pea}$. 우리말
로 바꾸면 비둘기콩. 노란색 꽃송이 지고 난 자리마
다 열리는 콩꼬투리들.

이름도 사랑스러운 비둘기콩이여. 붉은 먼지바람 속
에 힘겹게 살아가는 이 나라 사람들 허기진 배라도
든든하게 채워다오. 문득 고맙고 감사한 생각. 콩나
무에게 고개 숙여 절하고 싶어진다.

물이 나오지 않아

붉은 먼지바람 날리는 도로를 잠시 벗어나

이번에는 모래땅

자동차가 달리다보니 넓은 개울

그러나 우기에 큰물이 휩쓸고 간

흔적만 남은 모래밭

그대로 길이 되기도 하는 마른 개울

고개 하나를 넘자 다시금

마른 모래땅 개울이 나오고

개울 언덕 위에 흙집이 몇 채

모래 개울 파고 또 파도 물기운 없어

먼 마을에서 물을 길어다 먹으면서

목숨 부지한다는 사람들

어쩌면 이렇게 사는 사람들 있을까?

어쩌면 이렇게 자기 살던 땅 떠나지 못하고

사는 사람들 있을까?

그래도 집집마다 짐승들 기르고

더러는 오토바이도 서 있고

문간에 기대어 선 아이들 있고

아낙들도 있어 다행 아닌가.

가시나무산

지프차도 더듬거리며 오르는

비탈진 자갈길

군데군데 우기에 빗물에 파인 구덩이 있고

지금은 이어지는 건기

선인장도 말라죽고 가시나무도 말라죽는 땅

여기저기 서 있는 바오밥나무들

1년 가운데 1월에서 4월까지만 비가 내리고

나머지 날들은 비가 오지 않아

이렇게 견디며 산다고 하니

그 모진 생명을 어찌할 건가, 어찌할 건가

그래도 더러는 노랑 꽃 하늘빛 파랑 꽃

피우고 있는 꽃들을 만나서 다행

나는 내 마음대로 그 산 이름을

가시나무산이라고 불러본다.

바라이강

가시나무 우거진 산, 비탈길 넘어

곡예하듯 자동차가 달려

도착한 곳은 다시금 드넓은 모래의 개울

저만치 강 언덕에 커다란 바오밥나무 아래

소와 염소와 당나귀 떼

그 주변을 맴도는 개들도 서너 마리

나무 막대 손에 들고 다니며

짐승 모는 사람들 서너 명

이번에는 마른 개울 바닥에 우물을 파

짐승들 먹여 기르며 사는 사람들

보여줄 차례란다

여기저기 모래땅 파서 우물을 만든 흔적

저렇게 구덩이를 파도 물이 잘 나오지 않아

새벽부터 와서 기다리다가 물을 퍼서

짐승들에게 먹인다고!

지구온난화로 이제는 더욱 비가 내리지 않고

땅에서도 물이 나오지 않는다니

소름 끼치는 마음

아, 생각만으로도 목 말라라 목 말라라

한국으로 돌아가 물 아껴 써야겠다

이 개울 이름이 뭐냐 물으니

무루스^{Murus}마을 바라이^{Baray}강

이름만 강이어서 민망한 이름이여

이름만 강인 강이여.

어리석은 후회

목동 가운데 엄마인 듯한 늙은 아낙네

모래밭에 쓰러진 커다란 나무 등걸 위에

우두커니 앉아 있길래

아무래도 그냥은 돌아설 수 없는 심정이어서

자동차로 돌아가 식수 병 세 개

꺼내 들고 달려가 내밀었더니

금세 눈물이 글썽

목숨은 그래도 귀한 거니까 잘 사시라

스와힐리어 통역사(탄자니아 월드비전 직원) 시켜

말을 전했더니

다시 한번 눈물이 글썽

이런 곳 이런 사람들 방문할 계획이었으면

식수라도 몇 상자 준비해서 왔어야 했는데

그 역시 뒤늦은 생각 어리석은 후회.

여행 일정 내내

일행들 뒤나 따라다니며

무언가 힘써 일할 것이 있으면 슬그머니

나서서 돕기 좋아하는 이병률 시인

수줍은 듯 과묵한 이병률 시인

한국에서도 알아주는 시인이며 여행 작가이며

출판사 대표이기도 한 그

이번에는 모래 우물에서 길어올린 물

양동이에 담아 물 먹고 싶어 울부짖는

짐승들에게 가져다준다

한 번 두 번 목동이 그만하면

됐으니 만류할 때까지

아름다운 헌신이여 잠시의 노동이여

보이지 않는 저러한 솔선

눈에 띄지 않는 저러한 실천

한국에 돌아가

월드비전 홍보대사로 추천했으면 좋겠다

이러한 시인이 한국에도 늘어났으면 좋겠다

무루스마을 바라이강 커다란

바오밥나무 아래 모래밭에서의 한 생각.

*

나중에 누군가에게 들으니
모래구덩이 우물에서 물을 긷던
청년의 옷이 망가져 있어서
선뜻 이병률 시인
자신이 입고 있던 겉옷을 벗어주었다 한다.

오아시스

이게 무슨 거짓말 같은 사실이란 말이냐!
가도 가도 끝없는 모래벌판 사막길에
느닷없이 열린 샘물, 초록의 풍경
풀이 자라고 꽃이 피어나고 나무도 자라
새들이 찾아들고 목이 마른 짐승들도 와서
목 축이고 가는 곳

그러나 그 샘물을 위해
땅속으로 흐르는 거센 강물이 있고
그 강물이 잠시 틈을 찾아
솟아오른 샘물인 줄 아는 사람은 알 것이다

소년아, 그대도 부디
그대 인생의 사막길
지상의 강물이 땅속으로 스며
지하의 강물 이루듯
그대도 모래밭 사막의 인생길에서
보다 깊숙이, 보다 세차게
지상의 강물을 지하로 내려보내어

더욱 세찬 지하의 강물을 이루게 하라

그리하여 그대 인생에도
거짓말 같은 기적 같은
오아시스 하나 솟아오르게 하라
두둥실 오아시스 위 맑은 하늘에
사막 무지개 하나 솟아오르게 하라.

나도 돈 많은 사람 되어

그래도 기분좋기론
한국 월드비전 사업으로
식수시설 완성한 마하하^{Mahhahha}마을 방문

124미터 관정 땅속으로 뚫어
시간당 8,000리터 물을 길어올려
15킬로미터 파이프라인 묻고
7,500리터 물 보관하는 물탱크 만들어
2,000명 주민에게 깨끗한 물 제공한다니
이 얼마나 아름다운 돈의 씀씀이인가

아, 나도 돈 많은 사람 되어
이런 일 해보고 싶다
글 열심히 써서 책 내고
문학강연 열심히 해서
이런 일에 돈 써보고 싶다.

늙은 나

글쎄 마하하마을 월드비전 식수사업
성공적으로 진행중인 마을 방문할 때
동네 사람들 꼬까옷 차려입고
북을 치며 펄쩍펄쩍 뛰어오르며
환영하는 마을 사람들 인파 속에서
젊은 사내 한 사람 가까이
내게로 다가와 아버지, 파더라고 부르며
이번만 이렇게 오지 말고 다음에도
또 다음에도 다시 오라는 말을 한다
내가 나이를 먹기는 먹었나보다
지구 반대편 젊은이의 눈에도 내가
노인으로 보이고 그의 입에서 자연스럽게
아버지라는 말이 나왔으니
늙은 내가 좋기는 이번이 처음이다.

어쩔거나

나무들처럼 풀들처럼 여기저기

우뚝우뚝 서 있고

걸어서 오토바이로 자전거로

물건 나르고

멍하니 앉아서 지는 해 바라보고

소나 염소나 양 몇 마리

풀밭에 풀어놓고

짐승들 곁에 짐승들 함께 드러누워

풀이나 나무나 돌멩이처럼

먼지 뒤집어쓰고 달려가는

도로변 자동차나 오토바이 바라보며

아는 체 인사하는 이 사람들

더구나 눈이 크고 맑고 깊은 어린아이들

두고 가기도 어렵고

데려가기도 어려워.

모자 선물

이번 여행길 7일

탄자니아 머무는 동안

내가 제일로 잘한 일은

월드비전 식수사업 성공적으로

진행중인 마하하 마을 방문하는 날

마하하 마을 사람들 환영회 하는 자리

마지막 차례 답사로 인사의 말을 하고

마을 대표에게 쓰고 있던 모자

벗어서 선물한 일

쓰고 다니던 모자요 헌 모자인데도

그런 모자 받고서도 그렇게 좋아하던

마을 대표라니!

실은 행사 도중 그의 대머리가 안쓰러워

내 모자나 벗어서 그의 대머리

가려주어야지, 즉석에서 해낸 생각인데

내가 생각해도 그것은 잘한 일이었다

내 모자가 따가운 햇빛 아래 당분간

대머리 마을 대표 머리를 가려줘서 좋겠다

혼자서도 웃음이 나오려고 한다.

아, 탄자니아

선인장이 나무로 자라고

유카의 꽃대궁도

전신주만큼 자라는 땅

그렇다!

풀이 끝내

나무가 되는 땅.

정이나 궁금하시면

와보지 않은 사람과는 말하지 못한다
더구나 보지 않고 들어보지 않고
느껴보지 않은 사람과는
아무 말도 하지 못하겠다
이야기가 통하지 않는다
백두산이 그러하고
그랜드캐니언이 그러하고
데스밸리가 그러하고
시베리아 들판이 그러하듯이

정이나 궁금하시면 21시간 비행기 타고
한번 와보시라
먼지와 바람과 햇빛
소나 양이나 염소 몰고 다니며
수풀 사이 풀밭 사이 어슬렁거리는 사람들
더더욱 나무들처럼 수풀처럼 우뚝우뚝
햇빛 속에 그늘 속에 서 있는 사람들.

아침

오늘도 새로 핀 꽃은 예쁘다
흙먼지 뒤집어쓰고
흐린 하늘 아래

그러하다, 오늘도
가방 메고 타박타박 흙먼지 길
학교로 가는 아이들은 웃는다.

2025. 대숙강

환영식

오늘은 한국 월드비전에서 지원하는

은다바시초등학교 방문의 날

평생 직업 초등학교 교직에서 물러난 지

20년 가깝게 되었지만

왠지 모르게 설레는 마음

멀리 아프리카 탄자니아까지 와서

초등학교에서 하루종일 지낼 생각을 하니

다시 옛날로 돌아간 느낌

호텔 출발 8시, 다시

붉은 먼지 길 40분 달려서 도착한 곳은

다시 월드비전 은다바시 사무실

알고 보니 은다바시초등학교는

걸어서 10분도 안 되는 거리

타박타박 걸어서 도착한 곳은 은다바시초등학교

이곳에서도 오랜 역사를 지닌 전통 있는 학교

일행보다 한발 늦게 가다보니 저만큼

아이들 손뼉 치며 춤추며 손님맞이 노래 부르는 소리

달려가보니 이미 6백 명이 넘는 전교생

초록색 탄자니아 국기 색깔이 들어간

교복 차림으로 모여

맑고도 고운 목청으로 노래 부르는 모습

문득 눈물 글썽여지는 건 왜 그랬을까?

나 다시 어린 날 초등학교 시절이 떠올라서였을까

내가 늙은 사람 되어 마음이 약해져서였을까

사막이라지만 건기

손 시리고 발 시린 아침 기온 속에 아이들

6백 명이 넘는 아이들 하나도 한눈팔지 않고

장난치지도 않고 어른들 이야기에

공손히 귀 기울이는 모습

더구나 어른들 길고 긴 설명과 인사말

끝까지 견디며 들어주는 저 어린 사람들의

착하신 귀여 귀하신 인내심이여

끝내 복 받을 일이로다.

일일 선생님

처음부터 무리한 일이 아닌가, 걱정됐다. 은다바시초등학교 4학년 아이들, 한 교실에 모아놓고 수업을 하라니. 그것도 월 드비전 후원자 방문단 스무 명까지 들어가 도우미 선생님을 하라니!

그게 과연 가능할까? 그러나 결과부터 말하면 대성공. 커다 란 기쁨. 무엇보다 아이들이 열심히 말을 잘 들어주었고 열 심히 공부했고 도우미 선생님들이 정성을 다한 덕.

나 또한 이곳에 온 것이 바로 일일 선생님 하러 온 건데 옛날 초등학교 선생님 실력 살려서 40분, 낯선 탄자니아 아이들과 수업을 한 것이 얼마나 감동적이었는지 몰라.

오늘의 공부는 조그만 에코백, 하얀 천으로 만든 에코백에 자기가 좋아하는 것들, 그림으로 그려보는 공부. 우선 내가 한국말로 말하고 한국 월드비전 김다이 대리가 영어로 통역 하고 그 말을 다시 받아 이곳 통역사(탄자니아 월드비전 직 원)가 탄자니아 원주민 말로 바꾸어 말해 아이들에게 전해주 는 불편한 이중 통역 방식.

그래도 아이들은 숨소리도 내지 않고 크고도 둥근 눈 대굴대굴 깜빡이지도 않고 열심히 듣고 따라준다. 이 아이들이야말로 나의 생애에 만난 아이들 가운데 가장 착하고 순한 아이들이 아니겠나.

그림 그리기 전에 자기가 그리고 싶은 것들을 발표하라 했더니 차례대로 나온 단어들은 집, 자동차, 침대, 책상, 의자, 모자, 공, 펜, 컵, 숟가락, 원피스, 자전거, 가까이 사용하는 생활용품이 대부분이고 해, 해바라기, 나무, 오렌지, 망고, 물고기, 닭, 코끼리, 얼룩말, 소, 뱀 같은 자연에 관한 이름이 다양하게 나왔다.

그러나 끝까지 나오지 않은 단어는 사람에 관한 단어. 당연히 엄마에 대한 단어가 나올 줄 알았는데 나오지 않아 재차 엄마나 동생 얼굴을 그리고 싶지 않느냐 물었으나 대답하는 아이가 하나도 없어 특별한 일. 아무래도 이 나라 아이들에겐 가족이나 가까운 사람과의 객관화가 어려운 것이 아닌가 싶은 생각.

에코백이 나누어지고 색연필이 나누어지자 쓱쓱쓱 서슴없이 그림을 그리는 아이들. 한국에서 온 월드비전 후원자 방문단 옆자리에 앉아 도우미 선생님으로 도와주니 이 얼마나 정겹고 아름다운 풍경인가. 말은 통하지 않지만 마음으로 통하고 행동으로 통하고 눈빛으로 전해지는 인간의 느낌, 인간의 소통. 아이들도 좋아하고 어른들도 좋아하고 꿈결같이 흘러간 40분 동안의 수업시간이여.

나, 사람으로 태어나 가장 좋았고 아름다웠던 시간이라 말하리. 그야말로 천국에서의 시간이었다 말하리. 수업을 마치며 중학교 영어 선생님이기도 한 김예원 작가, 미리 준비해온 나의 「풀꽃」^{Wildflower} 시 영어 번역문 칠판에 분필로 적고 그걸 통역사 아이들에게 탄자니아 말로 바꾸어 읽게 하니 이 얼마나 감동인가! 시를 쓴 시인으로서 이 얼마나 영광인가!

일일 선생님으로 나선 내가 온통 기쁨과 감동을 차지했으니 이것은 또 얼마나 미안하고 고마운 노릇인가. 사랑과 기쁨은 나눌수록 커지고 깊어지고 많아진다는 걸 스스로 깨치고 배운 40분, 일일 선생님 노릇의 시간이었다.

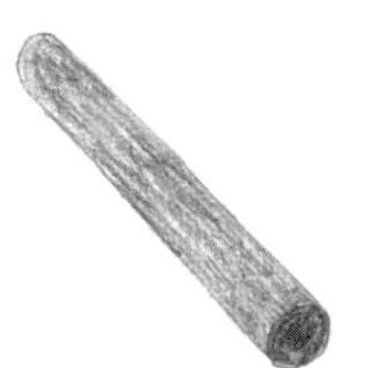

Wild flower
Ra, Taejoo

Wildflower
Ra Taejoo
Look closely
It's so pretty
Take a long look
It's so lovely
Like you ♡
나태주

Vision

은다바시초등학교는 다만 글공부만 하는 학교가 아니라 삶의 공부도 하는 생활 학교요 인생 학교. 아이들 스스로 채소나 과일나무에 물 주고 풀 뽑고 길러 그걸 수확해서 급식 시간에 요리해서 먹기도 하고 남는 물건은 내다가 팔기도 한단다.

우리 아이들에게는 이미 사라져버린 이러한 근면과 검소와 노동과 자활. 이 얼마나 아름다운 것이고 인간적인 것인가. 아이들 월드비전 후원자 방문단 한 사람 한 사람 손을 이끌고 저희들 물 주어 기른 채소밭으로 가 채소 이파리 따자 한다. 그 채소 모아지자 이번엔 양동이로 물 길어다 씻어 칼로 잘게 썰자고 한다.

한국에서 온 나이든 어른들보다 칼질이 부드럽고 노련한 아이들. 잘게 썰어진 채소들, 이번에는 요리실로 가져가 커다란 무쇠솥에 콩과 함께 죽을 쑤게 한다. 마치 우리의 옛날 쇠죽 가마에 쇠죽 쑤는 것 같은 풍경. 길고 긴 나무 수저로 콩죽이 익을 때까지 고르게 저어야 하는데 아이들 힘으로는 어려워 한국에서 온 방문객들 차례대로 나무 수저를 저어보는데 끝내는 이병률 시인이 나무 수저 놓지 않고 그 일을 도맡아 끝까지 해주었지. 시만 잘 쓰는 시인인 줄 알았는데 노동과 봉사도 잘하는 사람이라는 생각, 고마운 마음.

드디어 콩죽이 익자 그 콩죽 커다란 양동이에 담아 아이들에게 한 국자씩 퍼서 주는 차례. 유치원 애기들부터 한 줄로 서서 콩죽을 받는데 글쎄 들고 있는 그릇이 가지가지. 크기도 다르고 재료도 달라 플라스틱에다가 쇠붙이 그릇. 그뿐 아니라 수저를 가진 아이도 있고 가지고 있지 않은 아이도 있어, 수저 없는 아이는 뜨거운 콩죽 한 국자씩 받고 찔럼찔럼 들고 가 맨땅에 주저앉아 풀밭에 앉아 맨손으로 그걸 쥐어다 먹는 모습.

다시금 문득 가슴 밑바닥으로부터 치솟는 울음. 저걸 어쩌면 좋단 말인가. 누군가 밥그릇이라도 좀 사주고 숟가락이라도 하나씩 사줄 일이지. 다시금 목이 메는 마음. 다른 사람은 몰라도 나는 알지. 우리나라 6·25전쟁 치르고 어린 날 미국에서 보내온 탈지분유 학교에서 선생님 한 바가지씩 나누어주면 그걸 보자기에 싸 집까지 조심스레 들고 가서 외할머니에

게 드리기도 했던 일.

손가락으로 콩알 주워 먹고 바닥에 남은 국물까지 손가락으로 훑어다가 입으로 가져가는 아이들. 눈물겨워라. 미안해라. 이 글을 쓰면서도 눈물이 글썽. 그나저나 월드비전 후원자 방문단 그 많은 아이들에게 뜨거운 콩죽 한 국자씩 퍼서 나누어주느라고 뜨겁고 팔도 아프고 '폭싹 속았수다.' 끝까지 자리 지키며 국자 놓지 않은 이병률 시인 더욱 '폭싹 속았수다.'

2025.

잠보 jambo

'잠보'는 탄자니아 말로

안녕이란 인사말

만나는 사람마다 잠보! 잠보!

아이들도 잠보

붉은 흙먼지 속에 서 있는 사람도

손 흔들며 잠보

골목길 아낙네들도 잠보! 잠보!

우뚝우뚝 서 있는 나무들처럼

마른 잎 수풀처럼

우뚝우뚝 서서 잠보! 잠보!

착하고 순한 염소나 양이나 소처럼

잠보! 잠보!

잠보는 부드러운 탄자니아 인사말

잠보, 잠보, 돌아가 귓속에 남아돌아

다시 듣고 싶어지겠다.

네마 니코데무

네마 니코데무. 나를 여기 멀고 먼 나라 탄자니아까지 오게한 이름. 맨 처음 이 아이 알게 된 것은 2019년 초등학교 1학년이었을 때. 어리고 예쁜 여자 어린이 추천해주십사 전광석 월드비전 지역본부장님에게 부탁하여 사진으로만 만났던 아이.

2020년 1월, 이 아이 만날 일정이 열려 만반 준비 황열병 주사까지 맞고 기다렸는데 코로나 펜데믹이 터져 가지 말라 하고 오지 말라 그래 끝내는 일정이 무산되고 5년이나 지나 이제야 온 것.

이제라도 오게 되어 만시지탄晚時之歎이 있다지만 얼마나 다행스러운 일인가. 아침 7시 호텔에서 출발, 40분 먼지바람 흙길 자갈길 다시 달려 탄자니아 월드비전 은다바시 사업장 사무실 도착, 식당으로 쓰이는 방에서 한 시간 남짓 아이들 맞을 축제 준비를 하였는데 나는 작은 에코백 한 면에 「풀꽃」 시를 한글로 적고 뒷면에 김예원 작가에게 부탁, 영어로 적어달라 했지. 10시에 맞춰 아이들과 보호자가 함께 현장에 모여 아이들이 한 사람 한 사람 방으로 들어오는 거였지.

네마 니코데무는 얼마나 자랐을까? 처음 방으로 들어오는 키가 큰 여자아이가 아무래도 그 아이라는 직감. 그러나 내가 사진으로만 알던 아이와는 너무나도 달라 낯설기도 한 느낌. 월드비전 직원 소개로 내가 손을 들자 성큼성큼 그 아이 걸어와 나를 덥석 얼싸안는 게 아닌가!

아이가 나를 안아주는 순간 왈칵 치솟아오르는 눈물. 작정한 바도 아닌데 슬픈 일이 있는 것도 아닌데 도대체 그 눈물은 어디 숨었다가 나오는 것이었을까. 자리를 정리하고 앉아 이번에는 이중 통역으로 이야기를 나누는 시간. 곁에서 김예원 작가 영어 통역을 도와주기도 했지.

내가 아이에게 물어본 말과 그 아이의 대답. 몇 살이고 몇 학년인가? (열다섯 살에 초등학교 7학년.) 자라서 무슨 일 하는 사람이 되고 싶은가? (다른 사람 도와주는 의사가 되고 싶다.) 결혼은 몇 살에 하고 싶은가? (스물다섯에 하고 싶다.) 왜 그런가? (그때쯤이면 공부가 끝날 것 같다.)

이 아이가 인생의 목표가 분명한 아이구나. 가슴에 분명히

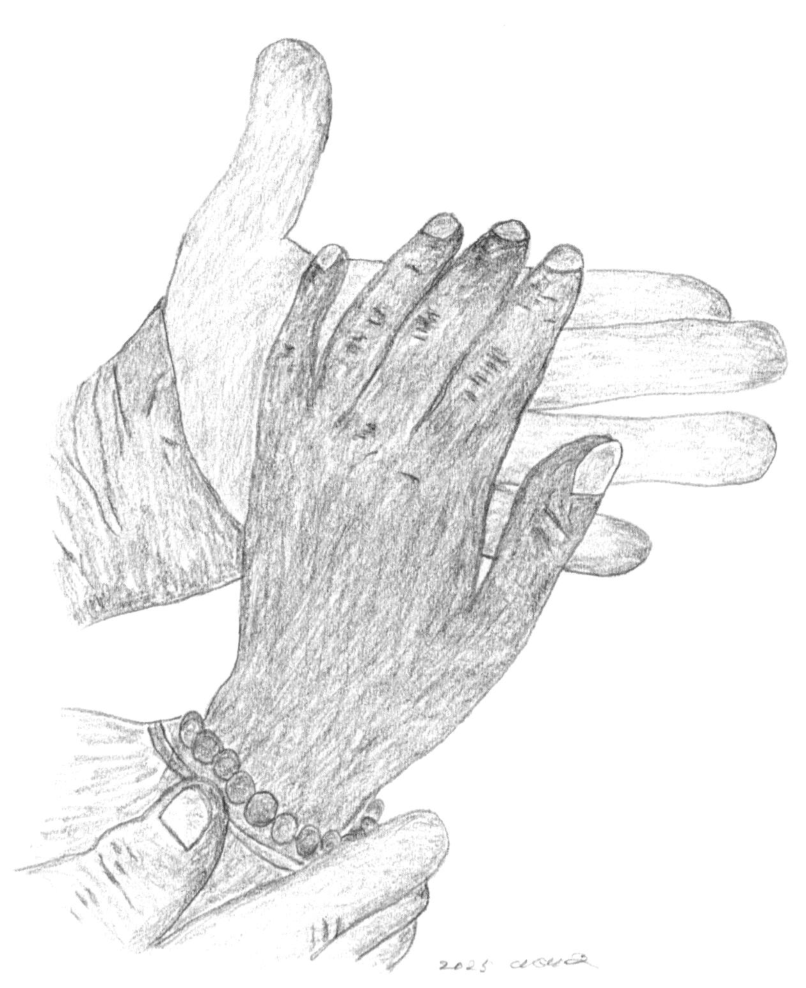
2025

빛나는 별을 간직한 아이구나. 다시금 솟아오르는 눈물. 고마운 마음. 그래서 내가 하는 부탁의 말. 네가 대학교에 들어가거든 한국에 오너라. 그때까지 내가 세상에 살아 있는 사람이었으면 좋겠구나. 그 얘기 듣고 덩달아 더 많이 우는 김예원 작가.

내친김에 나는 더 멀리 긴 약속으로 했지. 애야, 네가 결혼하거든 너의 남편이랑 한국에 다시 오너라. 그때까지 내가 살아 있는 사람이었으면 더욱 좋겠구나. 그러자 통역하는 두 사람(영어 통역자와 스와힐리어 통역자) 입에서 웃음이 터져나왔지. 아, 인생이란 이렇게 울다가 웃다가 그러는 게 아닐까.

만나서 할 얘기 없느냐 마지막으로 묻자 도와줘서 고맙다는 의례적인 인사말 뒤에, 실지로 만나보니 사진으로 보고 생각했던 것보다 내가 더 늙은 사람이어서 놀랐다는 아이의 말. 다시 한번 웃음이 나오기도 했지. 우리는 이어 팔찌 만들기 놀이도 했지. 주최측이 준비해준 구슬을 실에 꿰어 서로의 팔찌를 만들어 팔에 채워주기도 했지.

그것은 내가 세상에 나와 맨 처음 만들어본 팔찌. 돋보기까지 찾아 썼으나 구슬 꿰는 것이 서툴러 아이에게 내가 만들 팔찌까지 부탁했더니 뚝딱 솜씨 있게 만드는 게 아닌가. 얘야, 좋은 의사 되려면 손재주가 있어야 하고 손이 떨리지 않아야 하는데 네가 솜씨 좋고 손이 건강한 걸 보니 분명 좋은 의사가 될 수 있겠구나. 엉뚱한 칭찬의 말도 해주었지.

그런 다음엔 함께 점심 식사하기와 미니 운동회와 보물찾기 놀이. 뜻밖에도 우리 손녀 아이 같은 막내딸, 탄자니아의 딸 네마 니코데무는 적극적이고 활달한 아이. 사진 찍자 그러면 처억 하니 제 손을 내 어깨에 얹고 멋들어진 포즈를 지을 줄 아는 아이. 보기보다 손바닥이 억센 아이. 나와 팔씨름을 할 때에도 한동안 버티며 힘을 써준 아이.

끝내는 서로 노래를 부르기도 했지. 내가 부른 노래는 〈고향의 봄〉. 혼자 부르기 자신 없어 김예원 작가와 취재차 동석한 중앙일보 최지은 기자더러 함께 부르자 요청하기도 했지. 네마 니코데무도 저의 엄마와 함께 씩씩한 듯 수줍은 듯 저의 나라 노래 하나를 불렀지.

아, 꿈결같이 보낸 5시간 반의 생명이여. 지구 반대편 사람끼리의 유일한 지상의 시간이여. 얼굴빛 서로 다르고 말이 다르지만 생각과 느낌이 같은 사람들이 함께한 순간, 순간들이여. 드디어 이제는 헤어질 차례. 마지막으로 내가 부탁한 말은 두 가지. 밥 잘 먹고 잠 잘 자고 건강한 어른이 되어 네가 하고 싶은 일 하면서 살거라. 할 수만 있다면 한글을 배워서 내가 쓴 시를 한글로 읽어다오.

아이의 손을 잡고 월드비전 은다바시 사무실 정문으로 나와 이제는 아이와 엄마와 남자 동생 아이를 보내는 시간. 악수하고 손 흔들어 어서 가라 그럴 때 글쎄 그 어린 네마 니코데무의 남동생, 생후 2년 8개월이라는 남자아이, 돌아서서 나에게 악수를 청하는 게 아닌가! 놀라워라. 이어서 옆에 서 있는 김예원 작가에게도 악수를 청하는 게 아닌가! 우리가 만나는 동안 저를 안아주고 과자 먹여주고 장난도 쳐준 김예원 작가를 기억함이요, 거기에 대한 보답인 셈. 이 어찌 어여쁜 인간의 예의 아닌가. 눈물겨운 사람 사랑이 아닌가.

네마 니코데무. 나를 멀리 21시간 비행기 타고 아프리카 붉은 먼지 날리는 나라 탄자니아까지 오게 한 이름. 실은 그 이름에 영국식 이름이 하나 더 들어가 치렁치렁 길고 긴 이름. 오늘은 이래저래 어지럽고 복잡한 날이다. 땅속에서 금방 솟아오른 원유처럼 온갖 감정과 생각이 뒤섞여 마음 정리가 되지 않는 날. 내 마음속에도 탄자니아 붉은빛 고운 먼지 흙바람이 자욱한 날이었나보다.

World Vision

닭 울음소리

사람 사는 마을에서는
어디서나
꼬끼오 꼬끼오
수탉 우는 소리

호텔 방에서
새벽잠 깨어 듣는다
문득 나 어린 날
외갓집 마을에 돌아온 느낌.

* 탄자니아
  어린이가 그린
  닭 그림

처음 보겠다

세상에나! 이렇게 순한 사람들

착한 사람들 처음 보겠다

자동차 타고 흙먼지 날리며

지나가는 사람들 향해서도

어른이고 아이고 할 것 없이

흙먼지 바람 속에 멈춰서

손 흔들어 인사하는 사람들

어이없는 환영이여

검은 얼굴에 하얀 이

활짝 드러내고 웃어주는 선의여

크고도 맑고도 깊은 우물 같은 눈동자여

어찌 이 사람들을 두고 갈 것이냐!

누군가는 자기가 자기한테 지는 법을 배우기 위해

인도에 오래 머물다 왔노라 고백했지만

나는 나를 버리는 법을 배우기 위해 아프리카

먼 나라 땅 탄자니아에 왔다고 말하고 싶다

나도 이제 꽉 찬 나이 80

더는 뒤로 물러설 수 없는 비탈진 언덕

찌꺼기를 너무 많이 남기지 말고 떠나야지

그러려면 더 많이 버려야지

버리는 것만이 진정 내가 갖는 것이지

내가 쓴 돈만이 내 돈이고

내가 산 인생만이 내 인생이고

내가 본 풍경만이 내 풍경이고

내가 사랑한 사람만이 내 사람이라는 것!

이것은 내 평소의 지론

탄자니아 먼 땅에 와 다시금 마음에 새긴다.

새집

도로변 우뚝우뚝 서 있는 키 큰 나무에

더러더러 보이는 새집

무슨 복주머니같이

나뭇가지 잔가지 끝에 매달린 새집들

어떻게 저렇게 새들은 저희들 집을

저토록 위태롭게 지을 수 있고

새집은 또 안심하고 매달려 있을까?

자동차 타고 스치면서 멀리

궁금하고 걱정스러운 마음

그것은 새들이 집을 지은 나무가 가늘은 가시를

잔가지 끝에 매달고 있어

그 가시와 가시 사이를 이어

새들이 집을 지어서 그렇다는 것!

그것도 사막의 나무와 사막의 새

하나의 생존 방법이었다는 것!

비로소 알아내고 궁금증과 걱정

내려놓는다.

떠나야 할 때

먼지바람에 가려, 보이지 않던 꽃들이

나흘 닷새 엿새 풍경이 낯익고

사람이 낯익고 집들이 낯익고

짐승들까지 낯익으니

비로소 보이기 시작한다

어떤 것은 노랑 어떤 것은 하양

더러는 보랏빛

이 길이 마지막이지

마지막이겠지 그러다가도 정작

마지막이 되면 그것이

마지막이 된다는 엄연한 사실

우리네 인생사 모두 정들만 하면

헤어지게 마련이라는 약속

처음엔 눈에 띄지도 않던 키 큰 나무

잔가지 끝에 복주머니처럼 매달린

작은 새집들까지 잘 보이기 시작하는 걸

어쩌면 좋으냐.

돌아가 1

무루스마을 바라이강

1월에서 4월까지 우기에만 물이 콸콸 넘쳐나고

여덟 달 동안 건기에는 비 한 방울 내리지 않아

바짝 마른 강바닥은 드넓은 그대로 모래밭

여기저기 우물을 파보지만

물이 나오지 않아

목마른 짐승들 목마른 사람들

2, 3층 건물 높이 크기 바오밥나무 아래

수십 마리 소와 염소와 당나귀

떼로 기르는 유목민 가족

그 가운데 가장 나이 많은 아낙네

쓰러진 고목나무 위에 짐승몰이 막대

하나만 들고 앉았기에

식수 병 세 개 들고 가 전하며

원어민 통역사 시켜

그래도 인생은 귀한 거니까

잘 견디며 사십시오

말을 전했더니 금세

눈물기 도는 깊고도 검고 메마른 눈동자

돌아가 나 자신에게도 똑같은 말을 해주리라

그래도 인생은 귀한 거니까

끝까지 버티면서 실망하지 말며

포기하지 말고 잘 살아보자.

돌아가 2

이 검은 사람들

이 황량한 풍경들

어찌 남겨두고 갈 것인가?

언제든 나 다시 오리라

손 흔들어 나무와 풀

가시나무 잔가지 끝에 매달린

복주머니 같은 새집과 마사이마을

토담 굴뚝처럼 솟아오른 개미집과

바오밥나무들과 눈 맞추며 인사하며

약속해보지만

어찌 다시 이 땅 이 사람들 곁으로

돌아올 수 있으랴

그것은 어린 시절이 행복했지만

다시 그 시절로 돌아가라 그러면

선뜻 그러고 싶지 않은 것과 같은 심사

돌아가 꿈속에서나 자주 만나 보겠지.

멍하니

소나 염소 두서너 마리
혹은 수십 마리
풀밭에 풀어놓고
짐승들과 함께 멍하니

아니지

짐승들은 풀을 뜯게 하고
사람만 멍하니
키 큰 나무 아래
나무와 함께 멍하니.

목마른 세월

붉은 바위 부서져

붉은 자갈이 되고

붉은 자갈 부서져

붉은 모래가 되고

드디어

붉은 먼지 되어

바람에 날려

붉은 먼지바람이 된다

바오밥나무

한 해에 1센티미터씩

느리게 자라는 세월에

아이들은 다시

태어나고

아이들은 자라

어른이 되고

어른은 또 자취 없이

세상을 등져

마당가 조그만

무덤이 되고

무덤 위에 꽂은

장미 가지

새싹이 돋아

새잎을 매달고

새 꽃도 피우는

목마른 세월에.

데스밸리 혹은 탄자니아

천지창조의 땅
그곳에서 나는 죽고 싶었다

죽어서 나무처럼
하얗게 마르고
돌처럼 가루 먼지로
부서지고 싶었다

아니다
다시금 그곳에서 나는
내가 되어 살고 싶었다.

2025

거울을 보며

거울을 보았더니

그동안 내가 더욱 늙었다

주름살도 굵어지고 피부도

검어지고 수월찮게 거칠어졌다

햇빛 때문일까?

흙바람 먼지 때문일까?

과도한 인생 반성 때문일까?

한국 시간으로 오늘은

8월 15일 광복절

서울에는 비가 많이 내리고

다리가 묻히고

무척이나 덥다고 한다

그래도 내일은 한국으로 돌아가야겠다.

킬리만자로공항 가는 길

그냥 가야겠다

사람들 웃는 얼굴 아무리 좋고

맑고 깊은 눈동자 아무리 좋아도

나 여기서는 못 살겠다

나무 그늘 아래 멍하니

앉아 있을 줄도 모르고

먼지 매연 속에서

오토바이 타고 다닐 줄도 몰라

나 여기 안 살겠다

그래, 그냥 돌아가는 것이 좋겠다.

아침 샤워

탄자니아 떠나는 아침

킬리만자로비행장으로 가기 직전 샤워를 한다

어제저녁 자기 전 샤워했으면서도

또다시 샤워를 한다

물 없는 나라에서 따스운 물 폭포수로 맞으며

샤워를 한다

탄자니아의 흙먼지 바람의 흔적

씻기 위함이 아니라

내 몸 본래에 가졌던 찌꺼기 씻기 위해

샤워를 한다

더구나 마음속 불안이나 우울

더더구나 시기나 질투

이루지 못한 소망들 버리기 위해 샤워를 한다

용서하지 못할 것을 용서하는 것이

정말로 하는 용서라 하지 않았더냐

가질 수 있음에도 가지지 않는 것이

정말로 좋은 소유라 하지 않았더냐

버리고, 또 버리는 것이 정말로

갖는 것이라고 생각하지 않았더냐

이제 나에게 허락된 시간은

그다지 많지 않지만

돌아가 좋은 삶 살아야지

나, 살아 있는 목숨으로 머나먼 나라

탄자니아, 탄자니아까지

다녀가는 사람이 아니더냐.

언제나 시작이다

오늘은 돌아가는 날

이제 이 여행은 끝

언제 다시 이 먼 나라

탄자니아까지

찾아올 수 있을 것이냐

하지만, 하지만 말이다

마지막이 또 하나

시작이란다

그러니 이별도 마지막도

너무 슬퍼하지는 말아라

너무 힘들어하지는 말아라

이다음 찾아올 생명의 끝

죽음의 순간도 실은

또다른 시작인 거란다.

다만 그저

그늘 속에
햇빛 속에
그저 우뚝우뚝 서 있고
멍하니 앉아 있는 사람들

먼지 속에
먼지바람 속에
그러면서도 연신
입으로는 웃는
사람들

얼굴빛 검고 머리칼
꼬불꼬불한
아이들
보고파라

헤어지고 얼마
지나지 않았는데도
다만 그저 보고파라.

살아남아서 기쁘다

며칠 전 시인들 술자리
건배사 하라기에
'살아남아서 기쁘다' 그랬더니
아무도 따라 하지 않았다

건기에 살아내기 힘들면
스스로 제 팔뚝 뭉텅 잘라내어
살아낸다는 바오밥나무
천년 나이 탄자니아
바오밥나무까지 죽었다 그러고

스페인에서는 올여름 16일간
폭염으로 사망자가
천백여 명이나 나왔다 하지 않나
그렇다면 '살아남아서 기쁘다'
그 말은 얼마나 다급한 말인가!

오늘이 8월 26일

올해도 이 땅에

가을은 찾아오겠지.

목구멍에 걸리는 탄자니아

돌아와 여러 날
탄자니아 사진 들여다보면서
울먹인다

가시덩굴 저 너머에
소나 양이나 염소가 있다고 하자
그것도 삐쩍 마른 짐승들
그래도 거기까지는 보아줄 만하다

그런데 가시덩굴 저 너머에
어린아이 하나 외롭게 서 있는 모습은
그냥 보아 넘기기 어렵다

글쎄 그 아이 손을 들고
이쪽을 바라보며 얼굴 가득
웃음 머금고 있지 않는가
손까지 들어 알은체 흔들고 있지 않는가

이러한 풍경, 이러한 아이를

도대체 나는 어떻게 견뎌야 할 것인가?
여러 날 탄자니아가 가시가 되어
목구멍에 걸리곤 했다.

2025. aswa

돌아보니 그곳이 천국이었네

날마다 우리가 사는 세상은

다만 인간의 세상

허겁지겁 서두르고 아웅다웅 다투고

넘어졌다가는 일어서기도 하는

천국도 지옥도 아닌 세상

날마다 우리가 만나는 사람들은

다만 보통의 사람들

너나없이 서툴고 잘하는 일 많지 않고

자기만 오로지 챙기는 이기적인

천사도 악마도 아닌 사람들

하지만 말이야, 잠시 잠깐

발을 멈추고 돌아보면

금방 떠나온 그곳이 천국 아니었을까?

고대 헤어진 그 사람 또한

나에게는 천사 아니었을까?

정말로 그렇다면 말이야

지난날에서만 천국을 찾고

헤어진 사람에게서만 천사를 만나지 말고

앞으로 오는 세상에서도 천국을 찾고

새롭게 만나는 사람들에게서도

천사를 만난다면 그 얼마나 좋을까?

차라리 내가 말이야

누군가에게 천사가 되고

누군가의 천국을 만들어주는

사람이 된다면 그 얼마나 좋을까!

꽃밭에 물을 준 뒤

하루를 허덕이며 무사히 잘 보냈다

해가 기울자 꽃밭에 물을 주기 시작하여

두서너 시간 물 주기를 마치고

함께 운동경기를 한 선수나

전쟁을 마친 병사처럼

후줄그레 마주 앉아서

꽃들과 중얼거려보았다

그래, 다행이야 이렇게 하루

무사히 넘긴 것만도 다행한 일이야

햇빛에 화상 입은 잎 넓은 꽃나무들

자란이며 비비추, 원추리 같은 애들이

고개를 끄덕여주었지만

옥잠화는 아예 고개가 꺾여버려

그마저도 시늉을 하지 못하고 있었다.

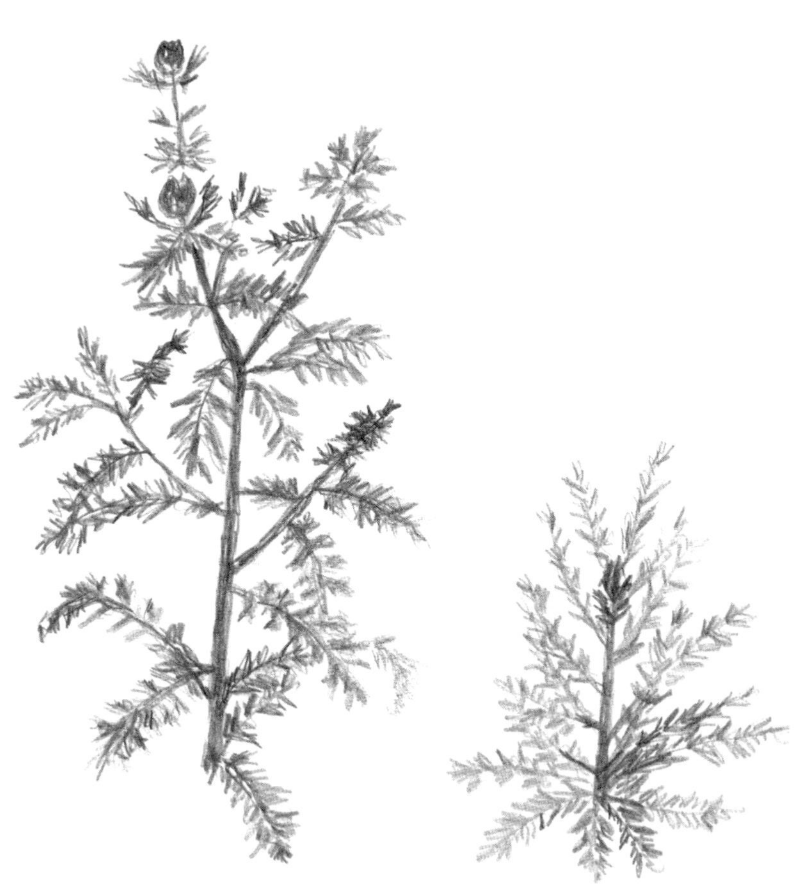

새벽 비에 잠이 깨었다
웬 비가 이렇게 세차게 내린다냐
개울물도 불어서
큰 소리를 내면서 흐르고 있다

엉뚱하게도 세찬 빗소리에
개울물 소리에
고향 집 생각

아버지 마지막까지 지키다
떠나신 고향 집
혼자서 비를 맞고 있겠다

말년에 아버지도 돌보지 않아
낡아질 대로 낡아진 고향 집

지붕도 비를 맞고
마당도 비를 맞고
담장도 비를 맞으며

저들끼리 쓸쓸해하겠다

아버지 생전
당신 육신처럼 아끼고
간직하고 다듬으며 사시던 집

안방이며 부엌방이며
마루방이며
아 우리가 어려서 옹기종기
모여서 자란 사랑방

나 또한 결혼하여
신혼생활 하던 그 사랑방도
고개 숙여 시무룩
빗소리에 젖겠다

미안하오 미안하오
고향 집이여
내 그대를 지켜주지 못해
진정 미안하오.

저녁기도

저녁기도 항목에서
아버지가 빠졌다
그렇지
아버지가 돌아가셨지
그래도 기도해드려야 하는 게
아닐까?
하늘나라에 가서도
아프지 마시라고
배고프지 마시라고
가난하지 마시라고
살아생전처럼 어머니랑
잘 지내시라고.

가납하소서

어딘가 까마득 숨어서 살아 있을 듯한

지금이라도 찾아가면 반갑게 웃으며

맞아줄 듯한

그러나 정작은 세상 어디에도 이미 없는

숨소리 없고

말소리 없고

웃는 얼굴도 없고

아 모습 자체 삶의 흔적

그 아무것도 없는

그 사람을 도대체 나는

어찌하면 좋단 말인가!

수없이 많은 날의 만남과

웃음과 이야기가 다만

흐린 꿈속의 기억만 같은

막막함이여 막막함이여

신이여 가납하소서.

아버지의 집

아버지, 저 너무 늦게 돌아왔습니다

아버지는 꼬박꼬박 월급봉투 모아

논이라도 몇 마지기 사달라 그러셨지만

실은 저 혼자 쓰며 세상 살기에도

주머니 속은 턱없이 허전했고

제가 떠돌아다닐 세상은 너무나도

넓고 거칠었습니다

황막한 들판이었고

성난 파도 울부짖는 바다였습니다

아버지, 저 이제 빈손으로 돌아왔습니다

그래도 아버지 그 자리에 옛 모습

그대로 계셔주시니 좋네요 반갑네요

아버지, 이제 집 안으로 들어가시어요

함께 저녁밥 드실 시간이어요.

핑계

내가 아버지를 용서해드리고

마음에서 해방시켜드린 건

54세 때 초등학교 교장 연수를 마친 다음

나도 실은 우리 아이들한테

용서받고 싶은 사람인데

아직은 우리 아이들 50 나이 넘지 않았고

그들이 하고 싶은 일

다 이루지 못해

조금은 더 기다리며

살아남아 있어야 할 일

핑계가 좋기도 하다.

여름 한낮

또다시 더운 여름날 오후
흰구름 먹구름 피어올라
더욱 높아진 하늘

어머니 아버지 그곳에서
창문 열고 이쪽을 보고 계신다
그 뒤로는 외할머니 얼굴도
흐릿하게 웃고 계신다

푸릇푸릇 물이 들어 키가 자란
나무에 기대어 나도
하나의 키 큰 나무 되고 싶어한다.

나흘째

어머니 돌아가시고
3일 동안만 울고
나흘째부터는 밥도 먹고
웃기도 했다

아버지 돌아가시고도
3일 동안만 울고
나흘째부터는 밥도 먹고
웃기도 했다

나흘째,
그것이 내내 마음 아팠다.

한 사람이 세상에 태어남은
엄청난 신의 축복이다

그러나 한 사람이 세상을
잘 살다 떠남은 더욱 엄청난
신의 축복이 있어야 한다

그렇지 않고서는
세상을 떠난 뒤 그 사람의 얼굴이
그처럼 편안하고
한 송이 꽃처럼 어여쁠 수가
없었던 것이다

40년도 훨씬 전
외할머니 임종이 그러셨다.

침상에서의 기도 1

오늘도 무사히 한밤이 지나고

날이 밝았습니다

햇빛은 밝고 공기는 신선하고

세상에는 아무런 일도 일어나지 않았습니다

저에게도 아무런 일도 일어나지 않았습니다

잠시 하늘도 무사하고 땅도 무사하고

산이며 개울이며 나무나 풀들도 여전히 무사하니

참으로 감사한 일입니다

하나님! 저는 이제 자리에서 일어나

따뜻한 물 한 컵으로 아픈 배를 달래고

정신 차려 다시금 세상 속으로 나아가려 합니다

오늘도 부디 세상을 잘 헤엄쳐 무사하게 하시고

날 어두워 다시 이 침상으로 돌아와

다시금 저녁을 맞이하고 편안한 잠을 청하게 하옵소서

언젠가는 그 잠이 영원한 잠이 될 것을 믿사옵니다,

아멘.

침상에서의 기도 2

하나님

밤사이 아무 일도

일어나지 않았음에 감사드립니다

또다시 밝은 아침

주심에 감사드립니다

오늘도 하루 숨쉬고 살 수 있는

용기를 주심에 감사드립니다.

가을의 예절

1년이라도 추석쯤

가까워지면

풀들도 서두르고

부지런 떤다

새로 싹이 나고

잎새를 내미는 잡초라 해도

잎새 아래 겨드랑이께

씨앗을 품고 나온다

저들도 돌아갈 때가 가까워지니

서두르고 부지런 떨며

준비를 하는 거다

떠날 준비 헤어질 준비

영원히 잠들 준비

가을은 그러한 계절

우리도 한 해의 가을을 맞아

준비하고 떠나고

헤어짐을 생각해야만 한다

비록 당장은 떠나지 않고

헤어지지 않고

영원히 잠을 들지 않는다

그러더라도.

혼자서도 잘 노는 아이같이

서울 여의도 어느 여자중학교

국어 시간에 국어 선생님

학생들에게 구상 시인의

시를 읽어주며 설명하고 있는데

한 학생이 손을 번쩍 들었다 한다

구상 시인님, 우리 옆집에 살아요

그래? 어떻게 너의 옆집에 구상 선생님이 살아?

그럼요, 우리 아파트 옆집이

구상 시인님 집이에요

가끔 문을 열고 있으면 구상 시인님도 볼 수 있고요

이야기도 나눠요

그래? 구상 선생님 어떻게 사셔?

네, 그냥 잘 노는 아이 같아요

한복 차려입고 혼자서 잘 노는 아이 같아요

혼자서도 잘 노는 아이같이……

혼자서도 잘 노는 아이같이……

국어 선생님은 여러 번 혼자 외워보았다 한다.

골목길

토요일 오전
자전거 타고 가다가
씽씽이 타고 가는
한 여자아이를 만났다

어디 가는데?
친구 집에 왔는데
친구가 이사 갔어요
쓸쓸하게 말하는
여자아이의 얼굴이
너무 예뻐서
나도 그만 쓸쓸해졌다

이제 그만 집으로
돌아가렴
아이와 인사하고 나도
가던 길을 갔다.

분명하다

어린이 놀이터에서

신나게 떠들며

깔깔거리며

놀고 있는 아이들

오랫동안 서서

지켜보고 있는 저 남자

외로운 것이 분명하다

그들을 건너다보고 있는

나는 더 외로운

사람인 것이 또 분명하다.

지금도 눈물난다

지금도 눈물난다

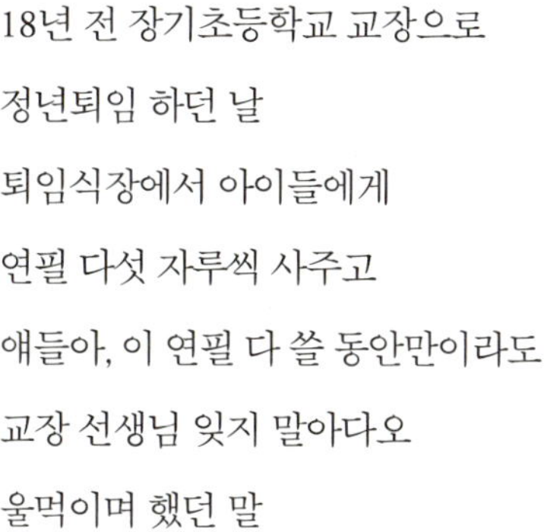

18년 전 장기초등학교 교장으로

정년퇴임 하던 날

퇴임식장에서 아이들에게

연필 다섯 자루씩 사주고

애들아, 이 연필 다 쓸 동안만이라도

교장 선생님 잊지 말아다오

울먹이며 했던 말

지금도 생각하면 눈물이 난다.

봉숭아

장맛비에 통통
종아리 살이 올라서

사립문 열고
한 발자국 또 한 발자국

걸어나와 기다리는
누이야 누이야

너, 언제부터였더냐!

자문자답 – 예원이에게

나는 고양이를 싫어한다
그러나 고양이를 좋아하는
사람을 좋아한다
그렇다면 나는 고양이를
좋아하는 사람인가?
고양이를 싫어하는
사람인가?

건널목

띠뚱띠뚱 어린 애기 하나
엄마 따라 건널목을 걷고 있다

띠뚱띠뚱 지구 하나
그 애기 등에 업혀
띠뚱띠뚱 따라간다

지구야 지구야
아무리 힘들어도
저 애기 등에 업혀 오래
오래 자라거라
더 멀리멀리 가거라.

축복 2

친구 같은 엄마
엄마 같은 딸
좋겠다 늬들
좋은 동행.

수선화에게 인사

안녕, 친구들
다시 새날
만나서 반가워

안녕, 친구들
밤사이 잘 잤어?
다시 새날이고
첫날이야

다시 새날이고 첫날에
새 사람과 첫 사람으로
만나서 반가워

와, 친구들
모두들 나를 향해
고개 숙여 인사하네

어쩔 수 없이 나도
친구들 향해

인사를 해야지

오늘 하루 우리 서로
잘 부탁해요
허리 숙여 공손히!

나무

나 비록 튼튼한 나무
아름다운 나무 아니라 해도
나의 자리 지켜 한 자리
서 있을게요

나 비록 어여쁜 꽃
향기 높은 꽃 아니라 해도
나의 자리 지켜 오래
작은 꽃들 들고 서 있을게요

그대 언제라도 찾아올 때
나, 쉽게 알아볼 수 있도록
그렇게 말이에요.

늦여름

가는 여름의 꼬리
마지막 매미의 울음
유난히 붉고도 곱다

네 마음의 손톱에 남은
봉숭아 꽃물.

공휴일

하나가 없다
하고 싶은 일
가고 싶은 곳
만나고 싶은 사람
읽고 싶은 책
도대체 그 하나가 없다

어쩌지?

손하트

왜들 자꾸 그러는가 싶었다

손으로 하트

손가락 두 개로 하트

사랑합니다 사랑합시다

사랑 표시

돈으로 몸으로 시간으로

더구나 마음으로는

사랑을 실천하기 어렵고

사랑을 주고받기 어려워

손가락으로만 가볍게

함부로 여러 번

사랑 사랑 거짓 사랑 껍데기 사랑

경망한 사랑 가벼운 먼지 사랑

아이쿠야 세상아

무너지는 마음

어두워지는 마음

제발 손하트

그런 거 아무 때나 아무한테나

함부로 하지 맙시다.

외로움에 반대하여

너나없이 요즘은 외롭다 하고

힘들다 하고 쉬고 싶다 하고

한 줌의 위로가 필요하다고 한다

언제부터 식당에 일인용 식탁이 나왔고

언제부터 먹방이 유행이고

언제부터 우리가 손하트를 날리기 시작했고

언제부터 우리가 깃발 들고

길거리에 쏟아져나와 두 편으로 갈라져

울부짖으며 아우성치며 데모했던가

모두가 외로움 때문이다

고달픔 때문이다

그러기에 쉬는 날 집에 혼자

낮잠 자는 시간이 가장 행복한 시간이라

말하는 거다

요는 외로움이다

여럿이 있어도 외롭고

혼자 있어도 외로운 외로움

외로움은 외로움으로 맞서는 수밖엔 없다

외로움에 맞서는 마음의 근력

이기자 이기자 외로움을 이기고
나를 이기자
그러나 너를 이기려고는 하지 말자
너도 나처럼 외롭고 힘들 테니까.

가을도 지난 들판

요즘 며칠 마음이 너무 촘촘해

답답하기도 하고

안타깝기도 하고

때로는 외롭고 슬프기까지 했던 게 아닐까

이제는 마음을 더 느슨하게

마음의 그물을 더욱 크고 성글게

가져야지

처음엔 잘 안 되더라도

조금씩 그렇게 되도록

발돋움하고 고개를 들고

애를 써야지

가을도 지난 들판 11월 끝자락이나

12월 초순에 부는 바람처럼

바람에 날리는 시든 풀덤불처럼

아무것도 소망하지 말고

아무것도 애태우지 말고

살아보려고 애를 써야지

그래그래 좋았다

그동안 사랑했고 네가

나를 기쁘게 해준 것만도

고맙고 고마운 일이야

너의 생각 너무 많이 하지 않으려고

애를 써야지

네가 나를 떠난다면 그래

떠나거라 잘 가거라 손 흔들어

떠나보내기도 해야지.

5월의 축하

해마다 시인들 5월에
축하하고 축하받을 날은
어린이날과 어버이날과
스승의 날

서로가 시인은
어린이이고 어버이이고
스승이기에

당신, 어린이날을 축하합니다
당신, 어버이날을 축하합니다
당신, 스승의 날을 축하합니다.

중학생 딸을 둔 어느 엄마의 말이다

자기 딸은 학교에 지각을 곧잘 하는데
딸아이 담임 선생님은
지각하는 학생들에게 벌칙으로
시 한 편씩을 외워오라고 숙제를 낸다고 한다
그런데 주로 나태주의 시를 외워오라고
숙제를 낸다고 한다

그런 숙제라면 더 많이 내주면 좋겠고
그 딸아이 더 여러 차례 지각하는
아이가 되었으면 좋겠다.

소망

예전에 예전에
사랑하는 아이에게
묻고는 했다
애야, 아직도 내가
너에게 필요한 사람이니?

지금은 하나님께
가끔 여쭙곤 한다
하나님 하나님, 제가 아직도
하나님께 필요한 사람입니까?

할 수만 있다면
오래오래 하나님께 제가
필요한 사람이고 싶습니다.

2025 대호영

꾸벅

아, 지구 위에서 지구 위에서

우리가 한때 살았었구나

짐승도 아니고 풀도 아니고

새나 물고기도 아니고

사람으로

바로 사람

대한민국 사람으로

한때 산 목숨이었구나

그렇지

누구의 아들이나 딸

누구의 제자

누구의 친구나 이웃

그러다가 누구의 선생

부끄럽게도 누구의 애인이거나 남편,

아버지로 살았었구나

과만하여라

감사해라

지구에게 절해야지

이제는 많이 세상에 없는 분들에게

인사해야지

고맙습니다

버리지 않고 포기하지 않아주시어 고맙습니다

용서해주시고 눈감아주시어 감사합니다

더구나 사랑까지 해주시어 감사합니다

무엇보다도 시인

내 어줍은 글 읽어주신

독자분들이 있었다는 건

얼마나 큰 감격이요 은혜인가?

그들에게 더욱 인사, 꾸벅.

시인이게 했다 – 박노해 시인에게

정치인에게 권력을 빼내고
기업인에게 돈을 빼내고
연예인에게 인기를 빼내고
관리에게 지위를 빼내고
직장인에게 직장을 빼내면
과연 무엇이 남을까?
그렇다면 이다음에 나에게서
생명마저 빼내면
무엇이 남는다 할까?
나는 그런 모든 것을 빼내고서도
무엇인가 남는 내가 되고 싶었다
그것이 나를 시인이게 했다.

2025. 이수정

종미에게

내가 네
기도 위에 선다

바람 불어도 지지 않는
풀잎 끝 이슬

칼날 위에
또 그 마음.

분홍빛 맨발이여

상처 입지 않은 발이여

굳은살 박이지 않은 발바닥이여

분홍빛 발이여

그 발과 그 발바닥으로

어디를 가려느냐?

무엇을 밟으려느냐?

어디를 가든지 무엇을 밟든지

발가락에 상처가 생기고

발바닥에 굳은살이 박이는 날

그 발과 발바닥이

네 것이 된 줄 비로소 알리라.

울었다

겨우, 한강 소설 한 권 읽었다

몇 날 며칠 두고 자기 전에 읽었다

『소년이 온다』

마디게, 마디게 넘어가는 책갈피

마지막 부분, 「꽃 핀 쪽으로」

엄마의 말로 엄마의 통곡으로

그야말로 싸묵싸묵 토해놓는

구절과 구절

어찌 살았쓰까야

어찌 죽었쓰까야

어찌, 어찌 죽였쓰까야

저 죽일 놈들

저 살릴 사람들

더더욱 아이들

그만 울음이 터져나왔다

겨우 2024년 12월 2일 새벽

장하다 우리의 딸

노벨문학상 받을 만하다.

대전의 울보 시인 박용래

떠나신 뒤 자꾸만 세상한테

잊히는 것 안타까웠는데

고려대학교 착하신 고형진 교수님

박용래 전집에다가 평전까지 완성, 간행하시어

책을 세 권이나 보내왔기로

황송한 마음 표현할 길 없어

점심값 얼마 우편으로 보냈더니

학자가 당연한 일을 했는데 무슨

점심값이냐 돈이 다시 우편으로 돌아왔네

나도 당연한 일을 했는데

당연한 일이 왜 당연한 일로 받아들여지지 않았을까?

아마도 이편의 당연한 일이

저편에서는 당연하지 않았던 모양

그래도 오고가며 당연한 일들이

그다지 기분 나쁘지 않아

반송된 돈 봉투 받아 들고 하늘을 보니

그날따라 공주의 겨울 하늘이 쨍하니 맑고 푸르러

그 또한 기분이 나쁘지 않았다.

당연한 일 - 고형진 교수

현자의 말

죽음을 앞둔 현자가 자주

입에 올린 말은

고맙다, 감사하다, 안녕히,

우리 비록 현자가 아니고

죽음을 앞둔 사람 아니라도

자주 입에 올릴 말은

고맙다, 감사하다, 안녕히,

그러노라면 고맙지 않은 세상이

고마운 세상이 되고

감사하지 않은 사람이

감사한 사람이 되고

안녕하지 않은 너와 내가

안녕한 너와 내가 되지 않을까.

잘했다

사람이기를 잘했다

내가 오늘도 숨쉬는

사람이기를 잘했다

내가 여기 오기를 잘했다

내가 너를 다시

만나기를 참 잘했다

다 잘했다.

좋은 아침

1

세상에서 가장 가난한 직업은 수녀와 시인

모처럼 소화 데레사 수녀님

문학관 찾아온 날

세상에서 가장 가난한 직업인 시인이

또 하나 세상에서 가장 가난한 직업인

수녀님에게 차비가 든 돈 봉투를 내밀었다

수녀님이

웃으며 돈 봉투를 받았다

좋은 아침이다.

2

수녀님 따라 멀리서 온 방문객이

가난한 시인에게 돈 봉투를 내밀었다

시인도 그 돈 봉투를 거절하지 않고 받았다

밖에서 새가 울었다

더 좋은 아침이다.

문학관 손님

올 때 싫지만
갈 때는 더 싫다

그동안 그만
정이 들어서.

다나킬사막

낙타 끌고 사막길 가는 카라반
얼굴빛 검고 맨발 차림의
대상이 하는 말을 들었다
길이 있어 그냥 가는 거다
길이 있어 그냥 같이 가는 거다

그렇구나!

길이 있어 그냥 가는 것이고
길이 있어 그냥 같이 가는 거라면
우리네 인생도
그냥 사는 게 아닐까?
그냥 같이 사는 게 좋은 인생 아닐까?

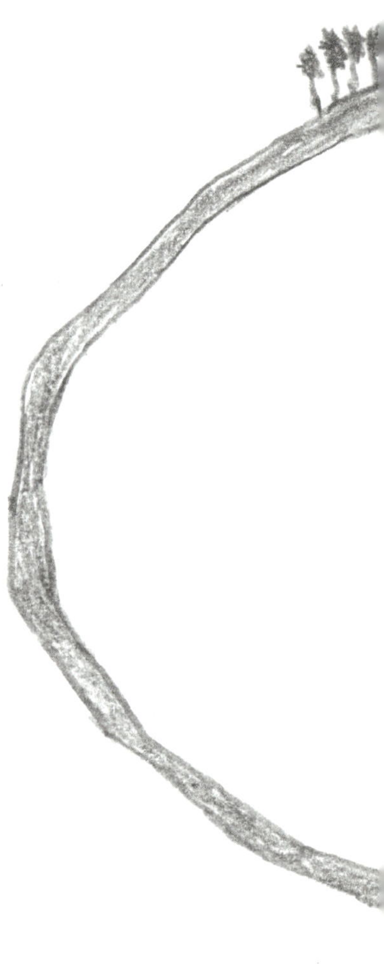

2025

다시 찾은 지우편

첫번째도 비가 내렸는데

두번째도 비 내리는 날

비좁은 골목길로

수없이 많은 가게들을 끼고

비틀비틀 미끄러운 발길

조심하며 오내리는

돌계단이며 돌자갈 길

왜 여기만 오면

정겨운 마음이 솟는 걸까

외할머니한테서 어렵사리

잔돈푼 얻어내어

끝없이 군것질하면서

가고 싶은 길

겨우겨우 비탈길

돌계단 가에

좋은 찻집 하나 찾아내어

향긋한 차 한잔으로

목을 축이고

마음도 가라앉히고

돌아서는 길

고향 마을 떠나는 발길인 듯

자꾸만 뒤돌아서서

어둑어둑 안개 속에 저무는 풍경

바라보고 또 바라보아지는 마음

내 언제 운이 좋아

다시 이곳에 올 것이냐!

먼 곳

먼 곳이 그립고

먼 나라에 가보고 싶었던 것은

초등학교 4학년 때

유네스코 운크라*에서

마분지로 만들어준

초등학교 4학년 사회과 교과서

스위스란 나라 이름

아라비아사막이란 땅 이름을

들은 뒤부터였다

스위스란 이름이 참 신선하고 예뻤고

아라비아사막이란 말이 참

알록달록하니 사랑스러웠다

스위스란 말에는 맑은 샘물이 들어 있고

아라비아사막이란 말에는

무지개가 들어 있다고 생각했다

그래서 외할머니와 살던 오두막집

서쪽으로 열린 창문을 열고

천방산을 바라보며

천방산 너머 어디쯤이 스위스이고
아라비아사막일 거라고 생각했다
하루 가운데 해 다 지고 노을이 질 때
더욱 그런 상상을 많이 했다.

* 유엔한국재건단(UNKRA, 운크라)은 1950년 12월 유엔총회 결의에
  따라 한국의 경제 부흥과 재건을 돕기 위해 설립된 기구이며, 1958년
  6월 말 사업 종료로 해체되었다.

봉화행

아무래도 내 힘만으로는

아니지 싶다

누군가 등을 밀었거나

앞에서 손잡아 이끌었지 싶다

어찌 내 능력만으로 내 공덕만으로

여기까지 오게 되었을까

너무나도 깨끗하고 푸른

산악이며 들판이며 개울

거기다가 노란 가을 햇살에

노랗게 익어가는 벼논들

듬성듬성 보이는 과수밭에

익어가는 사과 알들

어제저녁 많이 화나는 일

참은 게 잘한 거 같다

그 사람 용서해준 건 더 잘한 일 같다

그러기에 이리도

복되고 깨끗한 생명들 앞에

나도 또한 생명이지

아암, 서로가 다만 선물이지.

부산역 감상

다른 장소 가지고서는 안 된다, 가령

버스 터미널이나 전철역이나 기차역 같은 곳

그런 장소에서

남자와 여자가 안는 것은 결코 쑥이 아니다

나이 어린 여자가 늙은 남자를 안아주거나

나이 어린 남자가 늙은 여자를 안아주는 것도

눈총받을 일이 아니다

그런 장소에서는 누구나 만나는 사람들이고

헤어지는 사람들이기 때문이다

필경 그런 장소에서는 누군가를 안아주고 싶고

누군가에게 안기고 싶은 마음들인 까닭이다

만남의 기쁨과 헤어짐의 슬픔

그 아릿하고 비릿한 느낌이 사람으로 하여

흐린 세상 힘센 지느러미의 물고기 되어

헤엄치게도 해주니까 말이다.

영월

가지 말라고 가지 말라고
누군가 목놓아 부른다
산이 부르고 나무가 부르고
강물이 부르고 구름이 부른다

어머니인 듯 아버지인 듯
누나인 듯 어쩌면 형님인 듯
부르고 또다시 부른다
네, 네, 다시 올게요 다시 올게요

아들아, 아들아, 한사코
따라오며 부르는 어머니, 어머니
자꾸만 뒤돌아보아지는
산천아, 푸르른 영월아.

당진

갈 때 울고
올 때도 우는 고장

우리네 인생 또한
그러하지 않으랴!

새봄의 현상

멀리서, 여자가, 혼자서,

그것도 젊은 여자가.

묻는다 1

오래전 엘에이 가서
교포 문인에게서 들은 이야기
아직까지 슬프다

자기는 60년대 미국으로 이민 와
화장지 맘껏 쓸 수 있었던 것이
제일 좋았다고

그런데 지금 우리는 화장지를
마음껏 쓸 수 있는 나라 사람이 되었으니
우리도 좋은 사람이 되었는가?

묻는다 2

좋은 때인 사람은 제가
좋은 때인 줄 몰라
좋은 때인 사람

행복한 사람은 제가
행복한 사람인 줄 몰라
행복한 사람

그렇다면 지금 너는
어떤 사람인가?

사탄은 그렇게

사탄은 가까운 사람을 통해서 온다
사랑하는 사람을 통해서 온다
가족일 수도 있고 친구일 수도 있고
애인일 수도 있다

그러나 반대로 내가 누군가에게
사탄으로 간 일이 있었는지
때로 그걸 잊어버릴 때 있다

세상에서 나를 가장 사랑해준 사람인
아내나 외할머니에게 내가
사탄이 되어 간 일도 있었을 것이다,
두렵고도 무서운 일이다

언제든 사탄이 노리는 것은 사랑의 틈새
사랑의 얼굴로 사탄은 그렇게 오는 것이다.

*

하지만 사탄은

그 사람의 인생

가장 중요한 때나 아름다운 시기에 온다

사탄의 기미를 알고

잘만 이겨내기만 한다면

그다음이 그 사람의

인생 황금기가 된다.

치정*

개 같은 놈들이라고
욕을 한다

그러고는
이내 말을 보탠다

개들한테
미안하구나.

* '치정 같은 정치'.
— 송욱의 시집 『하여지향(何如之鄕)』(1961) 중에서

섬뜩한 일

재작년엔 꽃 피는 봄이 와도

꿀벌이 보이지 않아 걱정이 됐고

작년엔 나비조차 나타나지 않아 궁금했는데

올해는 나무들까지 수상하다

가을이 와도 단풍이 들지 않고

나뭇가지에서 내려올 준비를 하지 않는다

그러다가 반짝 추위가 닥치면 시퍼런 나뭇잎인 채

나뭇가지에서 일그러져 죽을 참이다

섬뜩한 느낌

그러고 보니 올해는 곡식도

여물이 제대로 들지 않았고

과일들도 열매를 잘 맺지 못했단다

정말로 이것은 보통이 아닌 일

그런데도 사람들은 눈치조차 채지 못한다

아니다, 알면서도 일부러 모른 척

눈감으려고 그런다

이거야말로 더욱 두렵고 섬뜩한 일 아닌가!

예언을 멈추라

세상의 온갖 예언자들아, 예언을 멈추라. 세상의 모든 선각자들아, 그대들 선각을 멈추라. 제발 아는 척 잘난 척하지 말아다오. 다만 우리는 눈 감고 살고 싶을 뿐이고 귀 막고 살고 싶을 뿐이고 생각 없이 그냥 사는 데까지만 살고 싶을 뿐이다.

무릇 생겨난 것들은 사라지게 되어 있고, 살아 있는 목숨은 죽는 날이 있게 마련이다. 오직 그것만이 영원히 옳은 약속이니 사람들아, 그 이상 다른 약속은 믿지 말고 새롭게 하지도 말라. 약속은 이미 이루어졌고 약속은 이미 헛되이 무너져내리고 말았지 않느냐.

무엇보다 먼저 사람들은 애기들을 낳지 못할 것이며 들판이며 강물이며 산은 생명을 품지 못할 것이다. 곤충이며 새들이며 작은 짐승들이며 물고기들이 사라진 들판이며 강물이며 산. 그것만이 분명한 약속이며 예언이다.

나는 똑똑히 내 눈으로 본 일이 있다. 그러니까 1973년
도의 봄. 내가 살던 고향의 들판. 그 들판에서 작은
물고기들과 곤충들과 벌레들이 일제히 사라지는 것
을 똑똑히 보았다. 서서히 아니라 갑자기 사라지는
것을 보았다.

임계점. 물이 끓는 임계점이 있는 것처럼 생명들에
게도 소멸의 임계점이 분명히 있었던 것이다. 이제
지상의 모든 생명들은 소멸의 임계점을 향해 가고
있다. 가더라도 빠르게 바쁘게 가고 있는 것을 누구
도 막아설 수 없다.

기상학자들은 만년설 속에 숨어 있던 고대의 바이러
스나 병균들이 살아 나와 인간이며 생명 가진 것들
을 공격할 것이라고 아는 척한다. 하지만 기상학자
들아, 그대들도 입을 다물어다오. 우리가 그것을 아
는 것과 그것을 피하는 길은 전혀 다른 문제이고 가
능해서 피할 수 있는 일도 아니다.

다만 우리는 잠시 귀를 막고 눈을 감고 사는 데까지
만 살아남고 싶을 뿐이다. 애기를 낳지 못하는 인간
들. 꽃이 피지 않는 풀이며 나무. 벌이나 나비가 없는
꽃밭. 열매 맺지 못하는 과수원. 학생들이 없는 학교.
사람들이 살지 않는 아파트.

하기는 나부터 이런 말을 삼가야 한다. 그러하다. 시
인이여, 그대 또한 부질없이 이런 시는 부디 두 번 다
시 쓰지 말아야 한다. 스스로 부탁하며 말을 던진다.

길거리

저만큼

애기 안고 오는

젊은 여인을 보고

강아지 안고 오는 줄 알았지 뭔가

강아지 안고 다니는

젊은 여인들

하도 많이 보아서.

변명

몇 차례 만나도 얼굴 기억
해주지 못해 섭섭해하는
젊은 여성들에게 자주 하는 말

세상에서 가장 예쁜 여자는
처음 본 여자라고 그래서
예쁜 여자만 보면 일부러
얼굴 기억을 하지 않으려 한답니다.

방문객

왜 왔느냐 물으면

눈물부터 글썽

어디서 왔느냐 물으면

그때야 작은 목소리로

멀리서, 멀리서 왔다고

고달파서 외로워서

힘들어서 왔다는 말

차마 하지 못하고

멀리서, 혼자서 찾아온

젊은 여성 방문객이.

내 인생의 질문

당신은 왜
풀꽃문학관에 오셨나요?

당신이 지금
이루지 못한 꿈은 무엇인가요?

이루지 못한 꿈을 위해 당신은
앞으로 어떻게 하고 싶은가요?

당신이 지금 보고 싶은 사람은
누구인가요?

당신의 행복이나
삶의 보람은 무엇인가요?

생애 마지막 남기고 싶은 말을
한 문장으로 적어보세요.

문학관을 위한 기도

너나없이 다 같이

숨쉬기 힘들고

살기 힘든 세상

서로 손잡고 위로하고

지친 숨소리 가까이 듣고

응원하면서 멀리

멀리까지 가보자고

세운 작은 집 풀꽃문학관입니다

이 문학관으로 하여 오히려

상처받는 사람 없게 하시고

섭섭한 마음 갖는 사람 없게 하시고

미워하는 마음 갖는 사람

더구나 없게 하소서

이것이 풀꽃문학관을 두고 하는

작은 자, 초라한 사람

저의 기도입니다.

2025

2025

* 2025년, 공주 신관초 2학년 김재인(남)
  그림 옆에 이렇게 썼다.

  나태주 선생님이 이렇게
  평화로운 곳에서 살 것 같고
  느낀 점은 나도 이 집에서 살고 싶다.

문득

캐럴 키드의 노래
'웬 아이 드림'이 들릴 때
사막의 무지개 떠오를 때
우리는 문득 만났다

그러나 우리는
이내 헤어져야만 했다
왜냐면 노래는 짧게 끝나고
무지개는 더욱 빨리
사라지기 때문이다.

전곡역

석탄 더미 쌓아놓은 시골 기차 정거장

한 길 건너편 판자 쪽 잇대어 지은 집

그 집의 한 귀퉁이 숨어 있던 그녀의 자취방

그 자취방에 한번 들어가보자고

판잣집 밖에서 덜덜 떨면서

여자의 이름을 부르며 벌을 서던 겨울밤

찬 바람 불고 찬 바람 속에 연탄가루 날리고

경기도 북부 엄동의 하늘 빛나는 별빛 더욱 추운데

무슨 배짱으로 무슨 억지로

밤을 새워 그 자리에서 얼어죽기를 자청했을까?

어리석었던 나여 불쌍했던 나여

가슴에 지지 않는 동백꽃 두어 송이 피워서

안고 있던 내가 문득 그리워서 눈물나려고 그런다.

꿈길에

그 사람밖에는 아무도
사랑하지 않아도
좋았을 것을

이 사람 저 사람
두리번거리다가 그만
그 사랑 떠나고

그 사랑 위해 우네
다시금 그 사람
내게로 돌아오라고

사랑 잃고 우네
내게 다시 돌아오라고
손 모아 기도하며 우네.

가을날 맑아

가을날 모처럼 맑고도 깊어

어디에도 눈길 둘 곳이 없다

마을에도 마을 길에도

마을 길 앞에 선 나무에게도

개울가 풀숲에게도 도무지 눈길

맡길 곳 없어

하늘을 헤매다가 흰구름에게

한 조각 떼어서 맡기고

멀리, 너의 마음에게나 편안히

나의 마음 맡겨볼까 그런다.

2025 erdené

저녁 햇빛에
드러난 자작나무
종아리가 더욱 희다.

화장지

부탁입니다
다른 사람들 위해
지구를 위해
조금씩만 써주세요.

별마당 도서관

저벅저벅

오지 말고

자박자박

오세요

보이지 않던 것들이

보이고

들리지 않던 것들이

들릴 거예요

그래요

꽃이 보여요

향기가 느껴져요

꽃과 향기가

사람을

천천히 가게 합니다.

최인아책방

사람도 때로는 산짐승처럼

목마를 때 있다

사람도 때로는 길짐승처럼

길 잃을 때 있다

그럴 때 찾는 옹달샘

그럴 때 그리운 그늘

서울이라는 거대한 사막

강남이라는 거친 모래언덕

한 개의 옹달샘처럼

맑은 정신의 물을 담아

최인아책방

선한 바람만 모아 그늘과 수풀

최인아책방.

배가 고프다

여러 차례 바쁘다는 핑계로
주일 예배를 걸렀다
아니 교회 식당에서 공짜로 주는
국수 먹는 일을 걸렀다
왠지 가슴이 비고 헛헛한 느낌
배가 고프다
오는 일요일엔 어떤 약속도 물리고
교회에 가야겠다
예수님 만나 함께
국수 먹으러 가야겠다.

에비앙

참 멀리서 왔구나
알프스에서부터 왔구나
맑은 마음까지 데리고 왔겠지
네 맑은 마음으로
내 마음도 조금
맑게 바꾸어다오.

노인

제주도라고 말했다

돌하르방이라고

차마 말하지 못하고.

인생 설계

언제나
나처럼

내일에도
오늘처럼.

인생 설계

여행 둘째 날

오늘 보니 다 예쁘네
어제는 별로였는데.

여행 둘째 날

잡초

꽃 필 때 조심해라
뽑힐라!

새롭게

너는 오늘 내가 처음 본 여자
그래서 세상에서 가장
예쁜 사람

그렇게 우리는 날마다
새롭게 만난다.

새날

오늘은 날마다
너의 첫날이자 새날

그 새날에 너는 또
새 사람이고 첫 사람

결코 두번째 날이라고
우기지 말고

결코 낡은 사람이라
투정하지 말아라

그것은 시간과 생명에 대한
부끄러움이고 결례이기 때문이다.

예쁘다

예쁘다
예쁘다

예쁘다고
말하니까
더 예쁘다.

가을 햇살

가을날 맑아

대전역 앞

새까만 옷차림의 젊은 여자

살짝 드러난 새하얀

어깨의 속살

빛난다

가을 햇살이 고와

대전역 광장

누군가와 얘기하며 걸어가며

살짝 드러나 새하얀 이

다시 한번 반짝

빛난다.

멍

지난해 가을, 어떤 고장에서는
놀멍축제를 벌였다 한다
노을이 좋은 산 위에서
하염없이 노을을 바라보며
멍하니 앉아 있는 것을 축제의
내용으로 삼았다는 것이다

멍, 젊은이들 말하는 그 멍이다
멍때리다, 멍하다, 할 때의 그 멍이다
왜 멍인가?
이제는 너무 힘겹게 살다보니
멍하니 넋을 놓고 앉아 있는 시간이
그립고 필요했던 것이다

드디어 우리에게는
나를 충분히 내려놓고
나를 충분히 비우면서
멍하니 있는 시간이 있어야 했다
우리가 그렇게 멍한 사람들이 되어버렸다.

집

감옥에 묶인 죄수와
병실에 잡힌 환자와
병영에 갇힌 병사의
한결같이 바라는 꿈은
집으로 돌아가고 싶다!

그런데 우리는 오늘도
그 집에서 밥 먹고
신발 신고 가방 메고
나왔지 않은가!

정치인

억지로 웃는 얼굴 힘들겠다

억지로 착한 척하기 어렵겠다

억지로 의로운 사람 노릇 더욱 어렵겠다

안됐다!

대신해줄 수도 없고.

서울 아침

네 것도 내 것도 아닌 이러한 거창

네 것도 내 것도 아닌 이러한 화려와 눈부심

정말로 네 것도 내 것도 아닌 번잡과 소란과

속도와 거짓의 아름다움

어디로 가는지도 모르고 가고

무엇을 하는지도 모르고 하는 사람들

어찌할 건가

가끔가끔은 하늘이라도 올려다보고

자기 발밑이라도 살펴야 하지 않을까

차마 불 꺼진 시골이나 산골로 당장 내려가

살라는 말은 못 하겠지만 말이다.

괜한 걱정

옛날식 돛단배에는 돛과 닻이 있었다
돛은 배를 앞으로 나아가게 하고
닻은 배가 흔들리지 않도록 지켜준다

그것은 우리네 사람에게도 마찬가지
돛은 사람을 앞으로 나아가게 하고
닻은 사람을 흔들리지 않게 지켜준다

그러나 요즘 사람들은
돛만 덩그렇게 크고 무겁고
닻이 너무 작고 가벼운 게 아닐까?

그래서 자주 흔들리거나 아예
바람길 따라 빠르게 나아가다가
넘어지기도 하는 게 아닐까?

그렇게 말을 한다

비우라 비우라

말들을 한다

하지만 나는 그 말을

바꾸어 말한다

이제는 그만 멈추고 싶다

이제는 조금 더 고요해지고 싶다

그 말이 그 말이지만

나는 그렇게 말을 한다.

2025 cucué

다시는 되짚어갈 수 없는 그 길

탄자니아. 아프리카 척박한 사막의 땅에 얼굴빛 검은 사람들이 힘들게 산다는 나라. 간다, 못 간다 여러 차례 뒤집히고 또 뒤집히다가 결국은 다녀오게 되었다. 가고 오는 데 꼬박 하루씩 걸리고 현지에 머무는 기간이 일곱 날. 지금껏 다녀본 그 어떤 여행보다도 고달프고 의미 있는 여행이었다.

애당초 그것은 실행하기 어려운 여행이었다. 처음 계획된 것은 2020년 1월. 황열병 주사까지 맞고 만반 준비했는데 그만 코로나 팬데믹에 가로막혀 여행 일정이 취소되고 말았지 뭔가. 이제는 틀렸지 단념하고 있었는데 월드비전측에서 다시 한번 일정을 잡고 함께 떠나보자 권해서 떠난 여행이었다.

하지만 이번 여행은 단순한 관광여행이 아니라 그동안 후원해온 탄자니아의 여자아이를 만나러 가는 길이었고 현지에서 이루어지고 있는 한국 월드비전의 사업들을 살피러 가는 길이기도 했다. 그러니까 월드비전 시찰단의 일원으로 함께한 공식적인 여행이었던 셈이다.

2019년부터 내가 후원하기 시작한 탄자니아 아이는 여자아이로 이름은 네마 니코데무. 여덟 살로 눈이 크고 맑고 얼굴이 둥근 초등학교 1학년 아이였다. 나 스스로 탄자니아에 있는 늦둥이 막내딸이라고 생각하면서 지냈다. 그로부터 6년. 처음 후원 결연을 맺을 때 받은 사진으로만 보았던 아이. 지금은 얼마나 컸을까, 생각하면 그리움이 멀리까지 가서 서성이곤 했었다.

우선 비행기 타고 가는 길이 지난했다. 한국 비행기가 없고 직항이 없어 에티오피아 항공기로 아디스아바바공항을 거쳐서 가는 길이었다. 우선 인천공항에서 자정에 출발하여 에티오피아 아디스아바바공항까지 11시간. 8시간 호텔에서 머물다가 다시 탄자니아 킬리만자로공항까지 2시간.

탄자니아 킬리만자로공항은 나지막하고 소박한 품이 꼭 옛날 우리나라 시골 정거장만 같아 정겨운 느낌이었다. 비행기에서 내리는 시각, 해가 지고 공항 건물에 불이 밝혀지고 있었다. 특히 공항 입국심사대에 있는 젊은 심사원이 인간적이고 친절하고 순해서 좋았다. 이렇게 받은 탄자니아의 첫인상은 내내 유지되었다. 자연은 비록 척박하고 거칠었지만 그 땅에서 사는 사람들은 순박하고 친절했다.

공항을 나서자마자 우리를 기다린 것은 관광버스가 아니라 지프차였다. 일곱 대에 일행을 세 명씩 나누어 싣고 여기저기 일곱 날 동안 쏘다녔다. 탄자니아는 아직 버스나 택시 같은 대중교통 수단이 발달하지 않은 듯싶었다. 다만 오토바

이가 그 기능을 맡고 있었고 일부는 자전거, 트랙터, 소가 끄
는 수레 등을 이용하는 것 같았다.

자동차가 도로를 지날 때마다 흙먼지가 이만저만 날리는
것이 아니었다. 붉고 가늘고 가벼운 먼지였다. 우리 일행이
탄 일곱 대의 지프차가 줄지어 달릴 때 뒤따라가는 차에서
앞차가 보이지 않을 정도로 먼지가 심하게 날렸다. 그 먼지
가 도로 위 허공에 피어올랐다가 주변으로 흩어졌다. 도로변
에 있는 나무나 풀, 길바닥이나 집에는 그 붉고 가늘고 가벼
운 매연 같은 먼지가 덕지덕지 쌓였다.

글쎄, 그 길로 사람들이 맨몸으로 걸어 다녔다. 소나 염소
나 양떼를 몰고 가는 양치기들이 지나가고 자전거가 지나가
고 두 마리 검정소가 끄는 수레가 지나가고 아이들 또한 그
길을 걸어서 학교에 다니고 있었다. 그런데 누구도 먼지를
구름같이 일으키며 달려가는 자동차를 원망하거나 욕하는
사람이 없었다.

다만 다소곳이 길 가장자리로 비켜서서 자동차가 지나가
기를 기다려줬다. 특히나 아이들은 자동차를 향해 웃는 얼굴
로 손을 흔들어주기도 하고 달리는 자동차를 따라 저들도 잠
시 달려보기도 하는 것이었다. 마치 그것은 내가 어린 시절,
6·25전쟁 무렵 신작로로 달려가는 미군의 지프차나 트럭을
보면 함께 달려가며 손을 흔들던 기억이 나서 눈물겹기까지
했다. 아. 그러한 선량함과 천진성은 도대체 어디 숨었다가
나타났던 것일까.

탄자니아는 연중 1월부터 4월까지가 우기이고 그 나머지는 건기라 한다. 내가 만난 8월은 그야말로 건기 가운데 건기. 말로만 듣던 물 부족 현상이 심각했다. 더구나 이상기후로 점점 비의 양이 줄어든다 하지 않는가. 1년에 1센티미터씩 자란다는 바오밥나무, 천 년 넘게 살아남은 바오밥나무까지 죽은 일이 있다 하지 않는가.

머무는 동안, 마을 공동체에서 물비누를 만들어 소득증대 사업을 벌이고 있는 마을도 가보고 한국 월드비전의 지원으로 대형우물을 파서 식수를 해결하는 마을도 방문했다. 하지만 가장 심각한 일정은 바라이강 무루스마을이란 곳을 방문했을 때의 일이다. 강바닥이 말라 모래밭이 된 곳에서 소와 염소를 기르는 일가족을 만났는데 그들의 사정이 정말로 힘들어 보였다.

새벽부터 일어나 강바닥 모래밭에 우물을 파도 물이 고여주지 않는다는 것이었다. 그래서 짐승들조차 목이 말라 고생한다는 것이었다. 그런 줄 미리 알았더라면 목동 가족에게 줄 선물이라도 준비해 가지고 오고 식수라도 몇 상자 들고 왔어야 하는 건데 그냥 빈손으로 준비 없이 온 것이 마냥 민망했다.

그래도 나에게 좋았던 것은 은다바시초등학교를 방문하고 그 학교에서 아이들을 만나고 4학년 80명 아이들 상대로 일일 선생님이 되어 수업을 한 일이다. 함께 온 월드비전 지원자들이 도우미 교사가 되고 내가 수업 주관자가 되어 40분

동안 수업을 했는데 그 수업시간이 참으로 좋았다. 내가 한국말로 말하면 통역하는 사람이 영어로 말하고 다시 그 말을 현지어인 스와힐리어로 통역하는 이중 통역의 수업이지만 모두가 만족하고 기쁨을 나누는 수업시간이었다.

그런데 그 학교에서 안타까웠던 것은 콩죽을 끓여 한 국자씩 아이들에게 나누어주는데 콩죽을 받아먹을 그릇이 없어 우는 아이가 있고 또 숟가락이 없어 손가락으로 콩죽을 먹는 아이들이 여럿 있는 것을 본 것이었다. 동행한 월드비전 직원에게 어떻게 하면 저 아이들에게 급식 그릇과 숟가락을 하나씩 마련해줄 수 있겠느냐 물어 그것을 해결해주기도 했다.

그래도 나의 이번 여행길에서 가장 소중했던 기억은 나의 후원 아동인 네마 니코데무를 만난 일이었다. 이 얼마나 고대했던 일이고 가슴 설레었던 일인가. 그러니까 5년 전 진작 이루어져야 했을 만남이었다. 하기는 그때 준비해둔 선물 가방을 이번에 고스란히 다시 들고 가기는 했지만 말이다.

예정된 시간. 아이들이 저들의 부모와 함께 우리가 기다리는 방으로 들어왔다. 아이들이 방으로 들어오기 전까지만 해도 나는 담담한 심정이었다. 그런데 아이들이 들어와 웅성거리고 또 맨 처음 들어온 키가 훌쩍 자란 여자아이가 내가 6년 동안 후원해온 바로 그 아이란 사실을 짐작했을 때 조그맣게 흔들렸고, 드디어 아이가 성큼성큼 내 앞으로 걸어와서 나를 와락 얼싸안았을 때 나는 그만 눈물보가 터지고 말았다.

그 이유를 아직도 나는 잘 모르겠다. 왜 처음 보는 여자아이를 보고 그렇게 눈물이 흘렀을까. 내가 나이를 먹기는 먹은 사람인가보다. 하기는 내가 새롭게 풀꽃문학관을 개관하고 나서 여러 가지로 다감한 생각이 있었던가보다. 더불어 이번 여행을 나는 나를 버리는 연습을 하기 위한 것이라고 생각해서 그러지 않았던가 싶다.

나는 내가 후원해온 아이가 매우 건강하고 씩씩한 아이일 뿐더러 미래에 대한 꿈이 확실한 아이란 것을 알고 매우 기뻤다. 한나절밖에 되지 않는 시간이지만 우리는 충분히 이야기하고 교감했고 충분히 좋은 추억을 남겼다. 구슬을 꿰어 서로가 서로의 팔찌를 만들어 교환해 갖기도 하고 아주 많은 사진을 찍었고 식사도 함께 했다. 그러면서 나는 이 아이를 통해서 지극히 건강하고 아름다운 탄자니아의 미래를 짐작할 수 있었다. 그것은 인류가 생겨난 이래로 때가 타지 않은 채로 보전된 원초적 인간의 본질 같은 것이었다.

놀랍게도 탄자니아 붉은 먼지 뒤집어쓴 채 숨죽이며 서 있는 사막의 꽃나무에도 꽃들은 새로 피어나고 있었다. 어제 핀 꽃과 달리 오늘 아침 새로 핀 꽃들은 전혀 먼지가 묻지 않은 맑고 고운 얼굴 그대로 새하얗게 꽃을 피워 우리를 향해 웃음 지어 보이고 있었다. 나 좀 봐주세요. 나도 이렇게 꽃을 피웠다고요. 그 모습이 꼭 탄자니아 사람들, 특히나 길거리에서 먼지를 뒤집어쓴 채 지나가는 자동차를 향해 손 흔들며 새하얀 이 드러내놓고 웃고 있는 아이들만 같아 오래오래 가슴이 저려왔다.

일주일 묵고 귀국하여 나는 그날 밤 2시간 잠을 자고 꼬박 밤을 새워 여행지에서 쓴 메모지를 들여다보며 여행 시집 한 권 분량을 정리해서 출판사로 넘겼다. 다시는 되짚어갈 수 없는 나라, 멀고 먼 땅 아프리카 탄자니아를 위해 스스로 기념하기 위한 것이었다. 다시는 되짚어갈 수 없는 나라, 그 길은 여행만 그런 것이 아니라 우리네 인생 자체 하루하루 순간순간이 모두 그렇다.

여행그림책 | 탄자니아

돌아보니 그곳이 천국이었네

Mji wa uhai

초판 인쇄 2026년 1월 6일
초판 발행 2026년 1월 23일

글 나태주
그림 나태주 윤문영

주간 김현정
책임편집 오예림
편집 변규미
디자인 최정윤
마케팅 김도윤 양지연
브랜딩 함유지 김은솔 박민재 이송이 박다솔 조다현 김하연 이준희
제작 강신은 김동욱 이순호

펴낸이 이병률
펴낸곳 달 출판사
출판등록 2009년 5월 26일 제406-2009-000034호
주소 10881 경기도 파주시 회동길 455-3
이메일 dal@munhak.com
SNS dalpublishers
전화번호 031-8071-8682(편집) 031-8071-8681(마케팅)
팩스 031-8071-8672
ISBN 979-11-5816-204-7 (03810)